# Tête de nègre

## ŒUVRES PRINCIPALES

*Les Larmes du chef,* Éditions Gallimard, Série Noire, 1994
*Nec*, Éditions Gallimard, Série Noire, 1995
*La Lumière des fous*, Éditions du Rocher, 1995 ; J'ai lu, 2001
*Fort-de-l'eau,* Flammarion, 1997 ; J'ai lu, 2000
*La Coupe du Monde n'aura pas lieu,* Flammarion, Père Castor, 1998
*Le 13e but,* Hoëbeke, 1998
*Le Lutteur de sumo,* Flammarion, Père Castor, 1998
*Vivement Noël*, Hoëbeke, 1999
*Cauchemar Pirate,* Flammarion, Père Castor, 1999
*L'Enfant léopard,* Grasset, 1999
*Le Champ de personne,* Flammarion, 1999 ; J'ai lu 2000
*Paulette et Roger,* Grasset, 2001
*Un bâton rouge dans le chargeur : la donzelle,* Rocher, 2004
*La treizième mort du chevalier,* Grasset, 2004
*L'arche de Lulu,* Magnard Jeunesse, 2003
*Retour de flammes,* Casterman, 2003

Daniel Picouly

# Tête de nègre

illustré par Julien Ribot

*Texte intégral*

*au petit Amédé
et ses fou'mis manioc*

© EJL, 1998

# 1 — Imbroglio négro

*3 septembre 1792*
Le bruit du couperet dévala du ciel. Un ciel bleu qui n'attendait que ça pour crever. Le choc percuta les bastaings de l'échafaud. Plein centre. L'onde se propagea comme une toile d'araignée au-dessus du crâne de l'Edmond et du Rouquin. Ils attendaient là, cachés juste à l'aplomb de la guillotine. L'orage roulait au loin. Edmond dressa l'oreille pour saisir au passage ce grattement furtif sur l'osier. Le bruit d'un rat qui filoche dans son trou. Une tête venait de tomber dans le panier. Une tête anonyme de ci-devant.

Dans l'obscurité, la peau noire du visage d'Edmond n'eut pas même un frémissement. Ce n'était pas pour cette tête qu'il était venu. Dehors, la foule eut un hoquet fatigué. Une poissarde lança un début de *Carmagnole* qui retomba aussitôt dans ses plis. On se lassait. Depuis des heures, le rasoir tranchait sur la place du Carrousel, et le soleil commençait à décliner derrière les Tuileries. L'orage se rapprochait.

Edmond regardait le sang goutter paresseusement au-dessus de lui. Il faisait des plocs mats dans la sciure à ses pieds. Un sang épais, presque visqueux. Il en avait vu couler de toutes sortes, des raisinés : du moût poisseux au clairet encore vif. A croire que certaines vies avaient été tirées à peine foulées.

— On n'a qu'à prendre ce sang-là. Qu'est-ce qu'il y verra, ton marquis ?

L'Edmond ne tourna même pas la tête vers le Rouquin. Une espèce de long hareng fiévreux qui rechignait depuis le début. Il s'était recroquevillé dans un coin, les poings pressés contre la poitrine pour s'empêcher de tousser.

— C'est vrai, quoi, une fois saignés, on est tous pareils.

L'Edmond regrettait d'avoir emmené ce geignard. D'habitude, il travaillait seul, en voltigeur, comme au régiment. Mais le Rouquin avait besoin de quelques louis pour soigner ses poumons.

— Allez, remplis une gourde de jus d'aristo, et on se sauve d'ici.

— On ne peut pas sortir, il fait encore jour.

— Tu parles ! Ils sont tous imbibés de vin et de poudre. Ils n'y verront que du bleu... du blanc... et du rouge !

Avec le pouce, le Rouquin mima une rasade. Ça le fit rire. Pas ses poumons. Toute sa poitrine s'embarqua dans une convulsion de possédé. Il dut plaquer ses mains contre sa bouche pour étrangler sa toux.

— Ça te reprend ? Tu m'avais dit que t'étais guéri.

Le Rouquin était un glaireux réchappé de Bicêtre qui se soignait en regardant les autres mourir plus vite que lui.

— C'est la sciure ! Y en a partout, ici ! Ça me bouffe à l'intérieur. Je ne suis pas sûr de tenir. Et si on nous trouve là-dessous, on nous fera comme aux curés qu'ont pas juré.

Edmond revit ce vieux prêtre découvert sous l'échafaud. Il avait été dépiauté de sa soutane, lardé, embroché en croix et tranché comme une volaille. Les perles de son chapelet couraient sur l'estrade comme des billes d'enfant.

— Allez, Edmond, ramasse ce foutu sang, et on va chercher notre bourse chez ton marquis.

— Il me faut les derniers mots du gosse.

— On les inventera ! Ils disent tous la même chose. Ils parlent de Dieu, de leur mère, demandent pardon, gueulent qu'ils sont innocents. Ils sont tous innocents !

— Lui, il l'est vraiment.

— Comment tu le sais ?

— Je le sais, c'est tout !

Personne ne soutenait le regard de l'Edmond. Il donnait l'impression de vous clouer le couvercle sur la tête. Edmond était menuisier chez Duplay. Il fabriquait des cercueils. Le seul meuble qui trouvait preneur en ce moment.

— D'accord ! Mais quand même si...

— Tais-toi !... Le voilà !

— Je n'entends rien.

— Justement.

Il s'était fait un étrange silence au-dessus d'eux. Ça s'entend bien, une foule qui se tait. On distinguait juste un pas léger et ferme qui montait vers l'estrade. Le pas s'immobilisa. Il y eut un murmure en couronne autour de l'échafaud. Edmond ferma les yeux. Il vit l'image du jeune homme là-haut. Étrangement beau, dans sa chemise de batiste blanche, les mains nouées dans le dos, le regard bleu porté au-delà de la foule.

— C'est lui, Edmond ?

— C'est lui...

Le Rouquin se demandait comment on pouvait reconnaître un homme à son silence. Il voulut voir. Il tenta de glisser un œil entre deux bastaings. Une quinte féroce le saisit. Elle remonta de ses bronches comme un feu de cheminée. Edmond comprit tout de suite que le Rouquin ne pourrait empêcher sa poitrine d'exploser et de les moucharder. Son bras se détendit. Sa paluche se referma sur la nuque du Rouquin et plaqua sa face congestionnée dans la sciure.

— Tais-toi, bon Dieu !

Là-haut, le ciel grondait. On avait saisi le jeune homme, couché son corps. Les mains tavelées du Rouquin s'agrippèrent au poignet de l'Edmond pour desserrer l'étreinte. On glissa la tête. Le cou fut engagé dans l'échancrure du billot. La face rousse fouissait la sciure. Se débattait. Le couperet dévala du ciel.

— Ma mère, mon père, punissez Delorme !

Edmond entendit les mots à peine murmurés. Les mains du Rouquin griffaient le sol. Le choc ébranla le ciel au-dessus d'eux. La sciure s'engouffra par la bouche du Rouquin. La tête tranchée roula et fit frissonner l'osier du panier.

Une tête de nègre avec des yeux bleus grands ouverts.

Les mains se desserrèrent sur le poignet de l'Edmond, et tout le corps du Rouquin renonça d'un coup.

« *Ma mère, mon père, punissez Delorme !...* » Edmond se récita les derniers mots du jeune homme pour les graver dans sa mémoire. Un filet de sang mauve lumineux s'insinua par la jointure des planches. Il le recueillit dans la petite fiole pendue à son cou par un lacet de cuir. Remplie, elle ressemblait à une améthyste oblongue.

Le Rouquin ne tousserait plus jamais. Edmond le recouvrit de sciure. Pour la première fois, son corps prenait de l'épaisseur. Il était mort en même temps que quelqu'un. Ça fait exister

Dehors, l'orage était au rendez-vous. Il dégringola de bien plus haut que le couperet et pilonna l'échafaud. La pluie mêlée de sang dégoulinait en rideau sur le visage de l'Edmond. Il devait maintenant attendre la nuit qu'on vienne le chercher.

— Hep ! Vous pouvez venir, citoyens.
Edmond rampa jusqu'à la voix. Il s'extirpa par un passage étroit entre deux planches. La voix était retranchée derrière une lanterne crasseuse, avec une bougie rachitique. Edmond se déplia. Il se sentait poisseux. Le sang avait séché sur lui. Il respira la nuit. De quelle plante pouvait venir ce parfum si troublant ? Edmond regrettait d'avoir plus de nez que de vocabulaire.
— Tiens, un nègre rouge ! Il est où, le Rouquin ?
— Il a mangé trop de sciure. Ça l'a tué.
— Qu'est-ce que c'est que cet imbroglio, négro ? D'habitude, on meurt d'abord et on mange la sciure après.
— Ce type devait aimer le désordre.
— Peut-être. Mais un ou deux, c'est pas le même prix.
La lanterne éclairait une main qui réclamait fort.
— T'as eu ton dû.
— Pas pour le macchabée.
— Je ne paie pas pour les morts.
— Tu préfères que je braille à la garde ? Tu sais ce qu'ils ont fait, l'autre soir, près des Cordeliers, à un citoyen comme toi ? Ils l'ont découpé en deux — tchoc ! — pour voir s'il était blanc à l'intérieur, comme les radis noirs.
Edmond saisit à la volée quelque chose de mou et de moite sous la lanterne. Une gorge, peut-être. A entendre gargouiller l'autre, c'était bien ça.
— S'il braille, lâche-le !
La deuxième voix était appuyée par l'extrémité d'un canon contre sa nuque. Sûrement un pistolet

de cavalerie. L'autre ne braillait pas mais Edmond lâcha prise. Il avait toujours respecté la cavalerie.

— Eh oui, le nègre, toi, t'es plus qu'un, et moi, je suis devenu deux. C'est pas ton jour, pour les comptes. Alors, laisse tomber ta bourse sans faire d'histoires.

Plonger, prendre son couteau à sa cheville. Piquer ces deux-là dans l'obscurité. Facile. Mais Edmond sentait pendre à son cou la fiole de verre. Il ne pouvait courir le risque de la briser. Il avait promis au marquis de lui rapporter le sang de son fils.

— Ça vient, cette bourse ?

Il devait ce service au marquis, qui l'avait sauvé de la pendaison dans une histoire de pillage. Un autre Noir avait fait le coup. Edmond tremblait de rage rien qu'à l'idée de retrouver un jour cette face cabossée.

— D'accord, mes seigneurs, c'est mon jour de générosité.

Edmond jeta sa bourse. Au bruit sur le sol, il ne lui restait plus rien. Les deux voix disparurent dans la nuit en riant. Leurs propriétaires allaient certainement convertir leur prise en pichets de rouge au Saint-Esprit, en attendant de voir passer les premières charrettes. Au matin, ils s'étriperaient, juste pour le cuir de la bourse.

Edmond évita de regarder l'ombre de la guillotine qui devait se découper dans son dos. Il se glissa sous les grilles des Tuileries.

Dans la nuit, le jardin donnait l'impression d'un étrange bivouac à couvert. Ça pullulait de petits groupes de soiffards en maraude. Chacun jouait à éviter les patrouilles de volontaires. Près du bassin, des hommes et des femmes riaient et buvaient autour des marmites des feux de camp. On chantait, on dansait des sortes de gavottes égrillardes.

Parfois, un coup de feu partait. C'était le branle-bas de combat, l'agitation. On saisissait son fusil, une pique, une bûche. On se précipitait. Des salves étaient lâchées en tous sens... Section Une, halte au feu !... Des voix se faisaient écho. Et tout retombait dans l'obscurité des frondaisons. Il ne restait plus que l'odeur de la poudre qui masquait le parfum troublant de cette plante dont Edmond ne retrouvait toujours pas le nom.

Il devait aller derrière les Jacobins. A cette heure, il valait mieux éviter le Manège et les Feuillants. Ces derniers jours, il y avait trop d'excités dans le coin. Des bandes qui couraient d'une prison à l'autre pour déloger les conspirateurs. Il contournerait par Saint-Roch. Le jardin le protégerait au moins jusqu'à la hauteur de la rue Saint-Honoré. Après, ce n'était plus qu'une question de hasard.


— Incroyable, mes amis ! Regardez ce que nous avons là !

Pas de chance. L'Edmond venait de tomber sur une de ces tribus de jeunes poudrés qui mangent des sorbets avec les doigts dans les cafés du Louvre. Ils débouchaient sans lanterne d'une porte cochère.

— Un nègre ! Un vrai nègre, mes amis !

— Avant, tout le monde en avait à son service. C'était devenu d'un commun ! Ils pullulaient ! Et dans tous les métiers. Quelle prétention !

— Rien qu'à Paris, on dit qu'ils sont des milliers.

— Et d'un sale ! Voyez celui-ci comme il empeste.

— De plus, ils sont fourbes. Quand je pense à cette pauvre Mme du Barry, trahie par ce Zamor qu'elle avait comblé de bienfaits.

— Vraiment, ces nègres sont impossibles ! Je

devrais plutôt dire : ces nèg'es ! Car vous savez que ces gens-là ne peuvent pas prononcer les « r ». Et pourquoi ? Du fait de la complexion de leur palais, qui n'est pas comme le nôtre, et du grand nombre de dents qu'ils ont dans la bouche. Jusqu'à quarante-cinq. Je l'ai lu dans une gazette scientifique.

— Mais, Hyacinthe, comment peut-on réussir à parler ainsi ? C'est impossible !

— Chère Rolande, je vais vous le montrer céans.

Le Hyacinthe avait sorti son face-à-main et faisait mine d'étudier Edmond. Il puait le musc de catin et la sueur. Il avait le visage emplâtré avec des morceaux de taffetas noirs qui lui truffaient la face. C'était lui le cheffaillon. Les autres gloussaient et minaudaient. Difficile de reconnaître les hommes des femmes sous tous ces rubans.

« Obse'vons le sujet. C'est un mâle de 'ace noi'e, d'envi'on vingt-cinq ans, bien bâti, sans vice mo'phologique appa'ent... »

Edmond se disait que c'était comme ça qu'on avait dû jauger son père au marché aux esclaves de Fort-Royal. Il se rappelait par cœur de son prix : trois ancres d'eau-de-vie, cent vingt-trois livres de cauris, cinq rolles de tabac et... un chapeau. L'équivalent de 50 livres. Lui aussi avait dû garder la peau de son visage lisse tandis que la rage le bouffait à l'intérieur.

— Continuez, Hyacinthe, vous êtes vraiment hilarant !

— Et si on vé'ifiait, mesdames, ce qu'on dit su' le po'te-lo'gnons de ces gens-là. Y pa'aît qu'à côté, celui des ânes est une vulgai'e ve'ue.

La petite tribu riait comme une dégringolade d'escalier. La face truffée faisait doucement remonter le pommeau de sa canne entre les cuisses du nèg'e. Encore cinq centimètres, et Edmond planterait ce mignon en pleine fanfreluche.

« *L'Edmond venait de tomber sur une de ces tribus de jeunes poudrés qui mangent des sorbets avec les doigts dans les cafés du Louvre.* » (p. 13)

— Po'te-lo'gnons ! Po'te-lo'gnons ! Vous êtes vraiment impayable, mon cher Hyacinthe. Po'te-lo'gnons ! En voilà une... v'aie t'ouvaille pou' di'e le g'os machin !

— B'avo, ma chè'e ! Vous pa'lez déjà le nèg'e pa'faitement.

— C'est si d'ôle, nous dev'ions tous le pa'ler.

— Je p'opose, mes amis, que dès que cette chienlit se'a te'minée nous lancions cette mode.

— Ce se'a inc'oyable ! Le Tout-Pa'is pa'le'a comme les nèg'es. Quelle idée me'veilleuse, n'est-il pas ?

— Excellent, ma chè'e 'olande ! Vous avez t'ouvé : les femmes se'ont les Me'veilleuses et les hommes les Inc'oyables !

— Venez, Hyacinthe, allons vite nous ent'aîner à pa'ler nèg'e.

La petite bande s'éloigna en oubliant Edmond sur place comme un jouet. Ils parlaient nègre couramment. Edmond se dit que, maintenant, il regarderait autrement les porte-lorgnons.

## 2 – *Il pleut des coups durs*

Edmond se remit en marche. Il vérifia que la fiole de sang était bien à son cou. Le marquis lui avait fait comprendre qu'elle était pour sa femme... Elle y tient tellement... La marquise était un mystère. Personne ne se souvenait de l'avoir vue. Elle vivait recluse chez elle. On la disait très belle.

Edmond fut sorti de sa rêverie par les cris d'un cortège qui passait devant lui... « Au Temple ! Au Temple ! »... En tête, un braillard en bonnet rouge portait, au bout d'une pique, la tête blonde d'une jeune femme... « Après la suivante, la maîtresse ! »... « L'Autrichienne au balcon ! »... Il y avait autant de femmes que d'hommes, et tous acharnés... « Moi, je lui ai bouffé son cœur de pigeon, à la princesse ! »... L'homme avait le bas du visage et la chemise encore maculés, comme un gosse à la maraude aux cerises... « Au Temple ! Au Temple ! »... A la queue du cortège, un peu à l'écart, un homme en redingote et cape noires ne quittait pas des yeux la tête blonde, là-bas au loin. Il portait une sacoche de cuir. On aurait dit un veuf.

Edmond se hâta. Cette nuit était partie pour durer. Il frappa à une petite porte de la rue Santres. Une série de coups convenus avec le heurtoir en forme de poing.

— Qui va là ?
— Le sang des justes.
— Ce n'est pas bon.

— Comment ça, ce n'est pas bon ?
— Ce n'est pas le bon mot de passe.
— Mais tu me reconnais, c'est moi, l'Edmond.
— Pas de nom, citoyen !

Edmond trouvait ça stupide, mais, par ces temps, chacun portait la prudence comme une lame au côté.

— Ça y est, je l'ai retrouvé !... Le sang du juste !
— Là, d'accord.

La porte s'ouvrit.

— Et le Rouquin ?

L'avorton qui interrogeait Edmond était complètement enveloppé dans une cape de pluie de cocher et avait enfoncé sur son crâne un chapeau de conspirateur. On ne pouvait le reconnaître qu'à ses sourcils. C'était l'Heureux, un des valets de pied du marquis.

— Alors, et le Rouquin ?
— Il doit être bleu à cette heure.

Ils déambulèrent dans un dédale de couloirs, passages et escaliers, avec l'odeur du salpêtre pour les guider.

— Attendez ici.

Edmond commençait à enrager. Une porte s'ouvrit dans le mur. Le jumeau du précédent valet vint le chercher.

— Tu es Thomas, toi !
— Chut ! Pas de nom, citoyen. Avance !

Ça sentait la cire. L'Edmond déboucha dans un petit salon sombre, sans meubles, éclairé par un seul chandelier. Le marquis d'Anderçon l'attendait, debout, en habit blanc, sous le portrait de sa femme, une mulâtresse aux yeux tristes qui portait au cou une pierre bleue lumineuse. Splendeur d'antan.

— Vous l'avez ?

L'Edmond lui tendit la fiole de verre. Le marquis la caressa des yeux. Il fixa Edmond.
— Vous me jurez qu'il s'agit bien du sang de mon fils Germain.
— Sur mon honneur de soldat, monsieur le marquis.
— Je vous crois, Edmond. J'ai toujours eu confiance en vous. Nous étions convenus de 50 livres. Les voici.
Il réglait ses dettes comme un fourrier. Edmond soupesa la bourse. Pas très lourd, la vie d'un homme.
Le marquis fixait la fiole comme une lanterne magique. Ça allait certainement bouger et revivre.
— Edmond, je ne sais comment vous demander... Est-ce qu'il... ?
— Oui, il a parlé.
Le visage du marquis se troua aux yeux comme un loup.
— Je vous en prie... Ses dernières paroles...
Edmond n'avait jamais vu le marquis suppliant, même sous le sabre.
— Votre fils a dit exactement : Ma mère, mon père, punissez Delorme !
— Delorme !
Tout à coup, la porte du salon s'ouvrit à la volée. Les deux battants propulsèrent dans la pièce un valet de chambre hagard et mal boutonné.
— Monsieur le marquis, c'est horrible ! Venez vite !
— Expliquez-vous, Thomas !
— C'est trop horrible ! Venez vite ! C'est Madame, elle est dans la chambre de monsieur Germain. Elle fait des choses !...
Le marquis se laissa emmener par le valet de chambre.

— Attendez-moi ici, Edmond, il faut qu'on parle de ce Delorme.

Edmond se retrouva seul au milieu du salon. Malgré l'obscurité, il sentait toutes les dorures bourdonner autour de lui. C'est ce qu'il aimait dans son métier : on apportait un cercueil pour rappeler que le doré n'empêche rien. Au contraire, aujourd'hui, ça accélérerait plutôt la livraison.

Le marquis ne revenait pas. « Delorme ! » : ce nom semblait évoquer pour lui quelque chose de terrible. La porte du salon était restée ouverte. Edmond patienta, mais fut repris par ses réflexes de voltigeur. Il se glissa et commença à déambuler. A certains endroits, le parquet avait été arraché. Certainement pour faire du feu. Les pièces étaient vides. Ça leur allait bien. Les armoiries pouvaient y prendre leurs aises.

En bas d'un escalier, Edmond eut le regard attiré par une lumière vive sous une porte. Il poussa. C'était une sorte de petite chapelle, aux murs entièrement piqués de chandelles. La lueur semblait consumer tout l'espace. Au cœur du bûcher, une femme, agenouillée dans ses voiles, priait sous la statue peinte d'une Vierge. Elle était vêtue d'une simple robe blanche de pénitente. Sur le sol, devant elle, étaient disposés des cauris noirs. Ils dessinaient trois cercles concentriques. Edmond eut l'impression qu'il avait déjà vu cette figure géométrique. De ses mains jointes pendait la petite fiole de verre au sang d'améthyste.

La marquise ! Cette femme agenouillée qui priait la Vierge et dessinait avec des coquillages les trois cercles de la Mort était la marquise.

Edmond se souvenait tout à coup : cette figure, son père la dessinait déjà les soirs où il avait un « coup de bleu » quand il pensait à la mer et à son

« En bas d'un escalier, Edmond eut le regard attiré par une lumière vive sous une porte. » (p. 24)

village de pêcheurs. Là où on l'avait raflé, un jour d'Afrique...

Soudain, la marquise se leva et arracha sa robe avec une étonnante violence. Elle se retrouva nue. Le noir pudique de sa peau l'enveloppait. Elle renversa la statue de la Vierge, et jeta la fiole de verre au centre des trois cercles. Le sang mauve explosa et dessina une fleur qu'elle fixa longuement. Puis elle trempa ses doigts dans la fleur et traça des marques sur son visage. Elle se retourna et fixa Edmond sans sembler le voir. Il resta tétanisé devant ce visage scarifié par la folie et troué par ce regard bleu à jamais vide. La marquise s'abattit inerte sur le sol. Edmond la recouvrit des lambeaux de sa robe et quitta la chapelle.

Le petit salon sombre était toujours vide. Le valet de chambre surgit dans la pièce, encore plus débraillé que tout à l'heure.

— C'est horrible ! Affreux ! Madame la marquise ! La pauvre !

Thomas arpentait le parquet en aller-retour comme un fantassin à l'exercice. Edmond reconnut le pas du soldat bien dressé... « En avant, marche ! Le haut du corps penché en avant ! Les yeux fixés devant soi ! Tête droite ! Peloton par le flanc... demi-tour à gauche, gauche ! » Edmond entendait encore son instructeur aboyer... « Mais qu'est-ce qui m'a fichu un animal pareil ? Pourquoi on veut les faire marcher, ceux-là, au lieu de les laisser grimper aux arbres ?... Marcher ! C'est quand même pas difficile... Marcher !... J'ai dit : au premier commandement, on porte le pied gauche en arrière, la boucle du soulier vis-à-vis et à trois pouces du talon droit. On saisit en même temps la giberne par le coin avec la main gauche. C'est tout de même pas compliqué ! »... « Sauf quand on n'a ni souliers ni giberne, brigadier »... Du coup, l'instructeur avait voulu le faire passer au peloton.

— C'est horrible ! Affreux !

Thomas continuait à briquer le parquet par le travers. Cette maison était devenue folle. Il était temps qu'Edmond parte, avec ses 50 livres en poche. Mais il devait d'abord arrêter ce fantassin mécanique.

— Garde-à-vous ! Fixe !

Ça marchait ! On entendit claquer sur le parquet les escarpins vernis de Thomas. Il se figea dans la position réglementaire : les yeux fixés à terre à quinze pas, le petit doigt en arrière et contre la couture de la culotte. Le valet s'éveilla comme un somnambule.

— Monsieur le marquis vous demande de bien vouloir me suivre.

Edmond sentit aussitôt se réveiller la cicatrice d'un vieux coup de sabre. Elle le prévenait immanquablement des ennuis à venir. Ils étaient proches...

Thomas le mena dans une grande chambre drapée d'un bleu semé d'hermines. Sur le lit à baldaquin, le corps paré de blanc de Germain, la base du cou voilée de dentelles. A la place de la tête, un portrait de son visage. Il avait été découpé dans un tableau encore accroché au mur. Le trou dans la toile ressemblait à la lunette de la guillotine. On y voyait le ciel à travers. Le marquis priait agenouillé devant le lit.

— La marquise n'a pas pu supporter.

Il montrait le portrait mutilé.

— Je crains pour sa raison. Mais elle est tellement forte et nous avons déjà tellement enduré.

Edmond revit le regard bleu vide de la marquise dans la chapelle. Elle ne reviendrait jamais de là.

— Je voulais que vous voyiez le corps de mon

fils pour comprendre ce que je vais vous demander.

La cicatrice se manifesta.

— Savez-vous qui est Delorme, celui que mon fils nomme dans ses derniers mots ?

Edmond préférait laisser venir.

— Delorme est un Noir venu de Saint-Domingue après les événements terribles de l'an passé dans cette île. Il est arrivé avec ce Fournier, qu'on appelle l'Américain. Il fut, paraît-il, un compagnon de Toussaint Louverture. Après un bref séjour à Bordeaux, il s'est installé à Paris. On ne sait trop de quoi il vit. Il habite dans le quartier derrière le Luxembourg où se sont regroupés un grand nombre de Noirs.

Edmond n'y allait jamais. On s'y faisait trancher la gorge pour beaucoup moins de 50 livres.

— C'est Delorme qui règne sur cette Cour des miracles. La police laisse faire. D'ailleurs, selon mes renseignements, Delorme est un indicateur appointé.

Le marquis en savait beaucoup.

— Tout allait bien, chacun y retrouvait son compte. Mais ces deux derniers jours, avec ces massacres à la prison de l'Abbaye et à la Force, tout a basculé dans l'horreur.

Le marquis s'échauffait la bile.

— Savez-vous qu'au Temple on a agité sous les fenêtres de la reine la tête de la pauvre princesse de Lamballe ? Sa propre confidente !

C'était donc à elle, cette tête blonde, encore pleine de morgue, qu'Edmond avait croisée, empalée au bout d'une pique.

— Je ne vous décris pas les outrages que le corps de la princesse a subis. C'était une personne de qualité... et sa famille fut la seule à nous recevoir, la marquise et moi, après notre union.

Edmond se demandait si cette histoire de couleur changerait... après. On aurait dû ajouter le noir au tricolore.

— Une partie de ces égorgeurs ont Delorme pour meneur. Le plus sanguinaire de tous, semble-t-il.

Edmond ne voyait toujours pas le lien avec le fils du marquis.

— Pour tout vous avouer, nous avions formé le projet de faire évader la princesse de la prison de l'Abbaye, ou tout au moins de soudoyer ses geôliers pour qu'elle soit épargnée. C'est mon fils Germain qui s'est chargé de toutes les tractations. Il était très attaché à la princesse.

Edmond ne voyait plus maintenant le lien avec Delorme.

— Excusez ma confusion, Edmond. Tout ceci est trop, pour un époux et pour un père. Germain a eu l'imprudence de confier le sort de son entreprise à ce Delorme. Il a été dénoncé, arrêté et condamné après un simulacre de procès. Au moins, dans son martyre, n'aura-t-il pas su quel aura été le sort funeste de la pauvre princesse.

Edmond s'apprêtait à demander ce que le marquis attendait de lui quand Thomas entra, toujours plus hagard et débraillé. Il portait sa perruque à la main comme un chiffon de ménage.

— Monsieur le marquis, l'homme que vous attendiez... si c'est bien lui... est arrivé.

— Comment ça « si c'est bien lui » ?

— Il faut dire, monsieur le marquis, qu'il est pour le moins inquiétant. Je dirais même effrayant !

— Dites que j'arrive, mon ami. Et rajustez-vous, on dirait un souillon. Attendez-moi ici, Edmond, dans un instant vous allez comprendre.

Pour l'heure, ce que comprenait surtout Edmond,

c'était la raison de tant de couloirs, de cabinets et de vestibules chez les aristocrates : pour faire attendre ! Le marquis disparut.

— Qu'est-ce qu'elle a ma tenue, Edmond ?
— Approche, soldat. Inspection. Garde-à-vous ! Fixe !

Le Thomas claqua comme à la parade. Edmond le rajusta avec de la douceur de brigadier.

— T'étais soldat où ?
— Nulle part, pour mon malheur. Cinq pieds huit pouces sous la toise. J'arrivais même pas à la baïonnette du fusil. Sans me vanter, que je leur ai dit, j'ai le complément ailleurs, et de quoi faire grenadier ! Mais z'ont pas voulu me prendre.

Le Thomas en rigolait. Son sourire lui faisait de jolies talonnettes. Le marquis réapparut, plus soucieux, mais moins abattu. Il reprenait du jabot.

— Approchez-vous du lit, Edmond. Je vais vous expliquer.

Il était temps.

— Nous voulons donner une sépulture chrétienne à notre fils. Mais une partie de lui manque. C'est horrible, mais nous devons la racheter. Il y a tout un trafic macabre autour des têtes de guillotinés. Je vous passe les détails. Nous avions des assurances. Mais nous avons été trahis. C'est insensé, mais... on a volé la tête de notre fils !

Edmond n'était même pas surpris. Tout le monde savait que ce genre de trophées était très recherché par des apothicaires, des chirurgiens, des étudiants en médecine, des montreurs de baraque foraine ou simplement des collectionneurs. Si le rasoir continuait à fonctionner à ce rythme, chacun en aurait un chez lui pour pas cher.

— Je vous demande de retrouver la tête de mon fils !

Le marquis fixait Edmond dans les yeux. Il y

avait autant d'ordre que de supplique dans son regard.

— Je sais ce que cette mission a... d'inhabituel. Vous ne partirez pas au hasard. Je sais où elle est et qui la détient. C'est Delorme !

Le marquis en mettait du temps, pour boucler ! Mais, quand c'était fait, ça ressemblait joliment à un nœud coulant. Tu es cuit, Edmond. Comment vas-tu faire pour refuser ?

— Ça veut dire qu'il faudra opérer dans ce quartier aux Noirs. Vous ne pouvez pas y aller seul. L'homme qui attend derrière cette porte connaît très bien l'endroit. J'ai entière confiance en lui. Vous vous compléterez parfaitement.

Le nœud se resserrait un peu plus.

— Entrez, Jonas !

L'homme apparut. Un bloc brutal et noir... La face cabossée !... Edmond reconnut l'homme par la faute duquel il avait failli être fusillé. L'autre aussi semblait l'avoir reconnu.

— Edmond, je vous présente Jonas Grave. Jonas, je vous présente Edmond Coffin.

Les deux hommes ne se serrèrent pas la main.

— Messieurs, vous connaissez la mission. Je ne vous demande pas si vous l'acceptez.

Il n'y eut pas de réponse, puisqu'il n'y avait pas de question.

— Je vous ai procuré des papiers pour vous couvrir. Vous êtes des enquêteurs de police en mission de sécurité nationale. Mais, là où vous allez, des armes vous protégeront mieux. C'est pourquoi je tiens à vous faire ce cadeau qui m'est très cher.

Le marquis tira d'une commode un coffret de nacre marqué au chiffre de la famille.

— C'était à mon fils Germain.

Il l'ouvrit. Edmond et Jonas n'avaient jamais vu

ça. Deux pistolets à canon long en argent massif. De vrais porte-foudre.

— Prenez-les. Ils sont d'un modèle unique. Faites-en bon usage en pensant à mon fils. Je vous attends ici, demain matin, avant la levée du jour. Bonne chance. Que Dieu vous bénisse !

Une nuit pour retrouver une tête de nègre aux yeux bleus ! Avec, pour tout bagage, une bénédiction qui n'avait plus cours et des flingues à extrême-onction...

Seuls, côte à côte dans le grand escalier de marbre, Edmond et Jonas descendirent sans un mot, le visage barbouillé d'une rage qu'ils essayaient de contenir. La fureur gonflait leur cou et leurs épaules. Ils débouchèrent dans une arrière-cour pavée, juste piquée d'un bout de lune. Chacun alla en silence à une extrémité et se dévêtit jusqu'à se retrouver en chemise de duel. Ils se saluèrent du menton et avancèrent l'un vers l'autre sans se lâcher des yeux.

Tout à coup, un poing jaillit et frappa de plein fouet une mâchoire qui ne frémit même pas. Un autre poing répondit, tout aussi fulgurant. Puis les coups se mêlèrent. Difficile de dire, dans cette obscurité, à qui appartenaient estomac, reins, pied, côtes, coude et foie. Et les rugissements moins encore. Il pleuvait des coups durs. Ça pilonnait, martelait, chacun à son tour, sans jamais vouloir ni démordre ni céder.

— Face cabossée, j'ai failli être pendu à cause de toi !

— On m'a promis le peloton, par ta faute, sale mouchard !

Plus les coups tombaient où il fallait, avec la hargne voulue, plus chacun comprenait qu'il venait de se faire un ami pour la vie.

On tenta bien encore de se fracasser un peu,

pour le principe. Quand soudain, sans savoir d'où vint la trouée, Edmond et Jonas se tombèrent dans les bras, se donnant dans le dos des claques à décoller le reste de suie qui pouvait encore encombrer leurs poumons.

— Je crois qu'on va bien travailler ensemble, Edmond.

— Appelle-moi Ed.

— Moi, ce sera Jones.

Ils se serrèrent la main. Là-haut, à sa fenêtre, le marquis souriait. Il était maintenant certain de revoir la tête de son fils.

# 3 – *La reine des pommes*

Ed et Jones sortirent ensemble de l'hôtel particulier. Ils firent semblant de ne pas remarquer, un peu plus haut dans la rue, un négrillon à tête de marmotte caché sous un fiacre. Il finissait de dégager la roue du côté de la chaussée. L'essieu était déjà sur béquille. Le cocher ronflait sur son siège. La roue était maintenant complètement libérée. Une belle roue à rayons jaunes.

Tout à coup, le négrillon vit les deux hommes un peu plus bas dans la rue, il eut un mouvement de retrait pour se cacher. La roue glissa et lui échappa. Elle fila dans la pente, droit sur Ed et Jones.

— Attention !

Jones tira vivement Ed en arrière. La masse siffla devant leurs visages. L'engin percuta le boute-roue d'une porte cochère, fut propulsé en l'air comme un soleil jaune, courut sur le faîte d'un mur et retomba sur le pavé en faisant jaillir une gerbe d'étincelles. La roue rebondit bien en ligne et disparut en direction de la Seine.

— Bougre de face de ramoneur ! Je vais te montrer !

Ed et Jones eurent à peine le temps de se retourner. Le négrillon passa devant eux en détalant, poursuivi par un gros cocher écarlate qui jouait de la chambrière sur le dos du gamin en braillant.

— Tu vois, Ed, ce gosse et sa roue, au train où ils vont, on va sûrement les retrouver à Haarlem.
— Où ça ?
— Haarlem, le quartier des Noirs dont parlait le marquis.
— C'est quoi, ce nom ?
— Une ville de Hollande.
— Quel rapport ?
— Il y a longtemps, sur l'emplacement du Parc central, un Hollandais faisait pousser des tulipes qui venaient de cette ville.
— Et les Noirs, là-dedans ?
— Le gars avait fait venir sa main-d'œuvre de Guyane hollandaise. Ils ont fait souche. Le quartier a grandi, c'est devenu Haarlem tout court.
— Il y a encore des tulipes ?
— Non, mais le Noir y pousse toujours très bien.
Ed essaierait de se faire à l'humour de Jones. Ce ne serait pas facile.
— D'ici, on y va comment, à Haarlem ?
— Suffit de suivre la roue.


Les deux hommes se mirent en chemin. Côte à côte, ils remplissaient bien la ruelle.
— Ed, tu ne trouves pas ça louche, cette histoire de princesse et de tête à récupérer ? Ça ne t'étonne pas qu'un marquis ait besoin de deux malheureux Noirs comme nous pour retrouver la tête de son fils ?
— Son fils aussi était noir.
— Mulâtre ! Avec des yeux bleus, une particule et des terres comme la moitié de Saint-Domingue. Ça change la teinte.
— A quoi tu penses, Jones ?
— Je crois que le gentil marquis nous envoie liquider Delorme.

— Et alors ? C'est une mission. On a accepté. C'est tout. Dis-moi plutôt comment on va faire pour récupérer cette tête.

— On va d'abord aller manger. Un bon boudin aux trois pommes à la Gamelle de la Révolution, ça te dit ?

— C'est où, ta gargote ?
— Dans la 24ᵉ Rue.
— Pardon ?
— A l'angle de 24ᵉ Est et de la IIIᵉ Avenue.
— Mais qu'est-ce que tu racontes ?

Jones prit l'air penaud du gosse qui cache une bêtise.

— Il faut que je te dise... Je ne sais pas lire !
— Et alors ?
— Comme je ne peux pas lire le nom des rues de Paris, je les ai numérotées du nord au sud et d'est en ouest. C'est pratique, comme système. Je l'ai même proposé à ma section de Mauconseil. Refusé ! Citoyen, qu'ils ont dit, ça établirait une hiérarchie entre les adresses ! Tu parles ! Ils rêvent tous de donner leur nom, même à une impasse.

Ed restait dubitatif.

— Tu verras, tu t'y feras. En plus, ça a un autre avantage : personne ne sait où on est ni où on va.


La Gamelle de la Révolution grouillait de vide. Mais la patronne en remplissait un bon bout. Son tonneau d'eau-de-vie en sautoir sur la hanche la faisait ressembler à un gros saint-bernard éméché. Tout pour plaire.

— Holà, Fossoyeur ! Voilà que t'as trouvé un jumeau !

— Pourquoi elle t'appelle Fossoyeur ?
— Pardi, parce que je le suis ! Y a pas de meilleur coup de pelle au cimetière de Picpus.

— C'est incroyable ! Moi, je fabrique des cercueils. On était faits pour s'entendre.

Ed et Jones se tapèrent dans la main.

— Qu'est-ce qui vous amène ici, mes jolis, enfouraillés comme pour une bataille navale ? Me dites pas que c'est la guerre, la vraie ! Ce serait trop beau.

— Ne rigole pas, citoyenne. Verdun est tombé.

— Je sais, et, dans une semaine, il y aura des Prussiens plein Paris ! La patrie en danger ! Passez la monnaie ! La guerre, c'est bon pour le commerce, pas les révolutions. Encore moins les émeutes comme en ce moment.

— T'es du parti de Brunswick, citoyenne ?

— Attention, mon joli, tu parles à une vraie patriote ! Te fie pas à la tenue, mon joli. Je suis un soldat, un vrai. Reconnue « vainqueur de la Bastille » par la Constituante. Regarde !

La gargotière montrait, accroché au mur, un parchemin constellé de cocardes tricolores. Elle fit un salut militaire impeccable dans sa direction.

— Mais vous n'êtes pas venus pour m'entendre dégoiser. Qu'est-ce qui vous ferait plaisir ? Du boudin aux trois pommes ? Ça tombe bien, je n'ai que ça. Mais, d'abord, faites sonner les pièces. Je vous préviens, ici on fait pas l'assignat.

— Si ton commissaire de section t'entendait...

— Qu'il entende, Jones ! En ce moment, avec ces bouts de papier, à peine tu tournes le dos qu'ils ont perdu la moitié de leur valeur. Ils les sortent comme les petits pains du Mac. Et, une fois sur deux, c'est un faux. Ils ont beau poinçonner ici, timbrer là, les fabriqueurs les réussissent mieux qu'eux. Y a même un Jolivet qu'a voulu en faire en tricot de soie !

— Tu exagères, citoyenne !

— Non, mon joli. Je l'ai lu dans *Le Babillard*.

« Son tonneau d'eau-de-vie en sautoir sur la hanche la faisait ressembler à un gros saint-bernard éméché. » (p. 39)

Vous imaginez les tricoteuses de la place du Carrousel qui font de l'assignat au point mousse pendant que les cabochons d'aristos tombent dans le panier ?

Ed revoyait le Rouquin se débattre dans la sciure.

— Allez, soldats, faites sonner la monnaie !

Fossoyeur montra sa bourse. La gargotière agita une grosse langue brune de ribaude en rigolant.

— A la bonne heure ! C'est la partie de l'homme que je préfère. On y va pour deux roulés d'amour ! En attendant, déchaussez-vous les dents avec ça.

La vivandière leur servit deux godets d'eau-de-vie au tonnelet et disparut dans la cuisine, le menton bien haut. Elle se mit à chanter, à en récurer les cuivres, sur l'air de *La Carmagnole* :

*« Mangeons à la Gamelle, vive le son, vive le son,*
*Mangeons à la Gamelle, vive le son du canon.*
*Savez-vous pourquoi, mes amis,*
*Nous sommes tous si réjouis ?*
*Savez-vous pourquoi, mes amis,*
*Nous sommes tous si réjouis ?*
*C'est qu'un repas n'est bon*
*Qu'apprêté sans façon.*
*Mangeons à la Gamelle... »*

Ed s'inquiéta :

— Tu ne m'as toujours pas dit comment tu comptais faire pour récupérer la tête du fils du marquis.

— Chut ! Je crois qu'on a une mouche à l'autre table.

Jones désignait un homme assis seul devant un pichet. Ed reconnut le Veuf qui suivait le cortège de la princesse de Lamballe. Qu'est-ce qu'il faisait là ?

La gargotière rapporta le frichti. Ed se pourléchait, l'œil curieux.

— Citoyenne, dans tes pommes, y a de la pomme, mais y a pas que ça ?

— Ça, mon joli, c'est mon secret. C'est pas pour rien qu'on me surnomme la « Reine des pommes ».

— Y aurait pas de la cannelle ?

— Ça suffit ! Je vois bien que vous n'êtes pas là pour ma taille de guêpe. Vous cherchez autre chose, pas vrai, Fossoyeur ?

— T'as vu juste, soldat. J'irai tout droit : on cherche une tête.

— Une tête ! Mais c'est une manie en ce moment ! Y a pas deux heures, à votre place, quatre soiffards en jouaient une aux dés. Une tête de femme, pour ce que j'en ai vu. Même que Triste-Mine, là derrière, avait l'air intéressé.

Le Veuf fit semblant de ne pas entendre.

— Vous cherchez quel article ?

— Une tête de nègre aux yeux bleus.

La gargotière se laissa tomber tout d'un bloc sur un banc. Elle fit pivoter le tonnelet d'eau-de-vie et se mit à le téter comme un veau éperdu. Arrivée au sec, elle s'ébroua et fixa Ed et Jones avec un air désolé.

— Renoncez, mes jolis ! Renoncez ou vous allez mettre les pieds dans une très sale affaire !

La dame se fit un raccord à l'eau-de-vie avec une fiasque sortie de sous sa robe. Jones poussa une pièce.

— J'ai dit : une très sale affaire.

Il en poussa une autre. La gargotière engouffra la monnaie dans son corsage. Un abîme à les ruiner tous les deux.

— Je l'ai vue passer ce soir. Une belle pièce. Ça donnait envie d'avoir connu le reste. Mais elle est dans de vilaines mains.

— Delorme ?
— Pas encore. Mais, là, ce sera trop tard.

Jones frappa du poing sur la table et chopa la gargotière par le cordon du tonnelet. Elle puait l'eau-de-vie.

— On ne te garnit pas la tirelire pour que tu fasses la mystérieuse. Accouche ou rembourse !

« Rembourse ! » Le mot fit le même effet que des sels. Ça désengorgea la mémoire de la dame.

— Vous pouvez aller chez le Mac de Haarlem. La tête y est. Mais je vous aurai prévenus. Ce serait dommage que, demain, ce soient vos jolies frimousses qu'on joue aux dés chez moi.

Sorti de la Gamelle de la Révolution, Ed se demandait encore ce qu'il y avait dans les pommes qui accompagnaient le boudin. Peut-être de la noix de muscade.

— Dis-moi, Jones, c'est qui, ce Mac de Haarlem ?

— Un maquereau qui est boulanger. Ou l'inverse. Il tient boutique dans la 122$^e$ Rue. Il fait des petits pains à la viande dont personne ne sait avec quoi ils sont fourrés.

— Tu veux dire...

— ... qu'en pleine disette il ne manque jamais de viande.

— Du pâté de tête ?

— C'est ce qu'on dit.

— On va aller goûter.


Dès la 64$^e$, on sentit que la rue se préparait à arriver à Haarlem. Lanterne éteinte, un fiacre entièrement jaune déboula face à eux sans se dérouter. Le cocher fit siffler son fouet au-dessus de leurs têtes en criant... Yeil ! Ho ! Kab !...

— De vrais dingues, ces types !

— Tu sais, Ed, ils sont réquisitionnés à un sou la course. Ça met le fiacre à la portée du citoyen, mais faut la faire tourner, la voiture.
— Je me suis toujours demandé pourquoi ils étaient jaunes. Pour éviter qu'on se fasse écraser ?
— Non. Pour pas que le roi puisse s'enfuir avec !
— Tu plaisantes ?
— Pas du tout. Ordre de l'Assemblée ! Grâce à cette couleur, qu'ils ont dit, la prochaine fois, on arrêtera le Capet avant Varennes.

Ed n'arrivait pas à savoir si Jones était sérieux.

— Notre négrillon, ce n'est pas la peine de le peindre en jaune pour le repérer. Il est toujours là, avec une rue d'avance sur nous. On pourrait en faire un bon voltigeur.
— En revanche, Ed, le type qui nous colle depuis la gargote ne fera pas de vieux os dans le métier.

Les compères se firent trois signes, et l'affaire était pliée. Dès l'angle tourné, Jones se plaqua contre le mur, tandis qu'Ed continuait en faisant sonner le pavé. Quand l'inconnu déboucha, Jones l'agrafa aux épaules. Dans la seconde qui suivit, l'homme avait un canon argenté posé sur chaque tempe. D'un coup, il pouvait se suicider en deux exemplaires. Fossoyeur le poussa à la lumière. C'était le Veuf.

— Du calme, messieurs. Du calme. Je ne vous veux pas de mal.
— Il manque pas d'air, le citoyen !
— Si, justement, et vous seriez fort aimables de cesser de m'étrangler.
— Qui tu es, toi ?
— Mon nom est affreusement imprononçable et ne vous dirait rien.

— Qu'est-ce que tu nous veux ?
— Bien malgré moi, j'ai entendu votre conversation à la taverne. J'ai cru comprendre que vous cherchiez une tête. Moi aussi !
— La même ?
— Pas exactement. Je suis de la maison du duc de Penthièvre, voyez-vous...
Non, Ed et Jones ne voyaient pas.
— La belle-fille du duc était... la princesse de Lamballe ! Vous en avez entendu parler ?
Deux fois, ce soir. Ed trouvait que ça faisait beaucoup pour une tête au bout d'une pique.
— J'ai un marché à vous proposer, messieurs. Nous cherchons chacun une tête. Nous savons qu'elles empruntent les mêmes chemins. Allions nos efforts. Le premier qui rencontre la tête de l'autre le prévient. J'ajoute que, dans cette affaire, la générosité de monsieur le duc est... sans limites. Vous me comprenez ?
Le Veuf se retrouva soudain suspendu à cinquante centimètres du sol.
— On comprend surtout qu'on ne comprend pas. Pourquoi tu nous régalerais avec la cassette du duc alors que tu peux mener ton affaire tout seul ?
— Ed a raison, il y a autre chose là-dessous. Qu'est-ce que ça vient faire avec notre tête de nègre ?
Les pieds décollés, le Veuf perdait de l'humour par en dessous.
— Je vais vous le dire, mais j'espère, messieurs, que j'ai devant moi des gentilshommes.
Ed et Jones le firent atterrir et crachèrent à ses pieds pour lui montrer leurs quartiers de noblesse.
« La princesse de Lamballe et Germain, le fils du marquis, étaient... comment dire...
— ... amants !

Le mot de Jones postillonna au revers du Veuf. Il s'offusqua.

— Je dirais plutôt qu'ils avaient un tendre penchant.

— Le marquis était au courant ?

— Non, bien sûr. C'était inconcevable !

Ed et Jones se demandaient s'ils n'avaient pas mis les pieds dans une affaire trop compliquée pour eux, avec de la particule semée partout.

— Qu'est-ce que tu attends de nous ?

— Simplement, que vous me fassiez signe quand vous aurez récupéré votre tête.

— Et comment ?

— Ne vous inquiétez pas, messieurs, je vous trouverai.

Tout à coup, le Veuf tourna sur lui-même, s'enroula dans sa cape, se jeta et attrapa en marche, avec une agilité étonnante, une voiture jaune lancée à pleine vitesse... Yeil ! Ho ! Kab !... Le cocher fouetta. Le Veuf les salua par la portière.

— Bonne chance, messieurs. Et que la meilleure tête gagne !

Ed et Fossoyeur en restèrent les bras ballants sur le pavé. Le premier fulmina :

— Dès qu'il pourra, cet enfant de ribaude essaiera de nous faucher notre tête de nègre.

— Tu oublies un truc : il est blanc et nous noirs ! Et il ne connaît pas Fossoyeur Jones !

— Ni... Ed Cercueil !

— Attention, Haarlem, nous voilà !

Ils se tapèrent dans la main. Mais, cette fois, à plusieurs reprises, à la manière des maîtres au marché aux esclaves, pour dire : Je le prends tel qu'il est, au-dessus, en dessous, à l'intérieur, sans reproche et sans dédit.

# 4 — Couché dans le pain

Ed Cercueil et Fossoyeur Jones descendaient vers Haarlem. Les fiacres jaunes passaient sans s'arrêter.

— C'est au moins le dixième qui refuse de nous charger.

— Tu crois que c'est notre couleur ?

— Alors, on va changer de méthode !

Ed se lança au-devant d'une voiture jaune qui déboulait.

— Police ! Réquisition du peuple !

Le fiacre stoppa d'un coup. Ed et Fossoyeur s'y engouffrèrent... Yeil ! Ho ! Kab !... A l'intérieur, ça bringuebalait et ça puait la vieille sueur de clients. La banquette défoncée, les genoux montaient au-dessus des yeux. Une affichette indiquait : *Licence de cocher attribuée au citoyen Le Roux Sébastien.*

— On arrive à Haarlem.

— Comment tu sais ça, Fossoyeur ?

— On nous jette des pierres.

Le cocher confirma.

— Je vais pas plus loin.

En posant le pied par terre, Ed comprit qu'il était bien à Haarlem. Il sentait déjà une dizaine de regards plantés dans son dos.

— Ça vous fera 8,50.

— Je croyais que c'était un sou !

— Faut ajouter le tarif de nuit, citoyen, le passage du Pont-au-Change et le bonus pour dépasser le Parc central. Et je ne vous compte pas les jets de pierres ! C'est pas cher, quand on cherche des ennuis.

Jones paya. Le cocher ne s'éternisa pas. Il fit demi-tour, cabra son cheval et poussa son cri de guerre... Yeil ! Ho ! Kab !... Ed et Jones eurent le sentiment que ça commençait enfin.

— Viens voir, Ed, que je t'explique Haarlem. Des fois qu'on se perdrait dans la mêlée.

Jones ramassa une pierre et traça un quadrillage sur un mur entre deux fenêtres.

— On est là. Derrière nous, au sud, c'est le Parc central. Ce qui part en biais, c'est Saint-Nicolas. On va chez le Mac, ici, dans Les Nox. C'est l'ancienne avenue Les Noix, mais le « i » a dû être décapité...

— Vous gênez surtout pas, les artistes !

Un vieux morceau de charbon à bonnet phrygien était sorti de la maison, une pique à la main.

— Ça devient une vraie calamité, ces graffitis ! Y en a partout. Avant, c'était « Vive la Nation ! A bas les affameurs ! » Maintenant, on comprend même pas. Ça ressemble à rien. Regardez le vôtre !

Ed et Jones ne voyaient que la croix où ils devaient se rendre.

— Y a pire ! Y a une bande de jeunes, c'est : « Ta gueule Robespierre ! » Ta gueule Marat ! « Ta gueule Danton ! » Tout le monde y passe. On les appelle les tagueuleurs. On croirait qu'y a qu'eux qu'ont le droit de s'exprimer !

Ed et Jones laissèrent le vieux fulminer et remontèrent jusqu'à Les Nox. On aurait dit que tout le quartier était dehors pour gratter un peu de fraîcheur. On s'interpellait d'une fenêtre à l'autre. Au Poulet Roi, on avait sorti les senteurs ; au Savoie, la musique. L'aboyeur du Paradis racolait devant l'entrée du cabaret en contrebas.

— Entrez ! Entrez ! Venez voir le véritable homme sauvage, qui se livrera devant vous, entièrement nu, aux mystères les plus secrets de la nature ! Mieux qu'au Palais-Royal ! Séance toutes les quinze minutes !

Ed et Jones avaient du mal à se frayer un passage en évitant les tire-laine. Ils durent laisser entrevoir leurs flingues pour se donner de l'air. A un coin de rue, une colonie de bouises, moulées comme des baguettes trop cuites, faisait de la retape. Une experte, au teint de banane juste mûre, loucha sur leur artillerie.

— Mes petits sucres, si vous avez des engins comme vos engins, ce sera gratuit !

Ed se laissa harponner. Jones le dégagea.

— Touche pas, Ed. C'est infecté jusqu'à l'os.
— Le virus V ?
— Encore plus que les suiveuses de régiment !

Devant L'Homme Gras, ils furent dépassés par le négrillon, qui courait en poussant sa roue jaune vers la 125$^e$.

— On dirait, Fossoyeur, que cette roue nous indique le chemin.
— Plus la peine, regarde.

Jones lui montrait un immeuble à la façade étayée. L'enseigne clamait : « *Mac, le roi de l'enbourgeois rapide* ». De grandes panières en osier montées sur roulettes étaient alignées le long de l'établissement. Elles débordaient de petits pains ronds. L'odeur de pâte chaude embaumait la rue.

— Un conseil, Ed : à Haarlem, quand ça sent bon, cherche où ça pue.

Un attroupement s'était formé devant l'une des panières. Elle débordait plus que les autres. Et pour cause : des jambes nues et noires en dépassaient ! Ed et Fossoyeur s'approchèrent. La foule résistait.

53

— Deuxième conseil, Ed : ici, tu gueules et tu cognes le premier. A Haarlem, si t'es mou, t'es mort.

— Écartez-vous ! Écartez-vous !

Ed se lança, en bûcheronnant des épaules. Ça grognait chez le quidam. « Police ! On ne bouge plus ! »

Jones le suivit. Un grand chocolat en forme de coutelas rigolait. D'un coup de crosse en pleine face, Fossoyeur lui émoussa le tranchant. On recula. Sauf un café-au-lait édenté qui fit mine de toucher à sa lame. Ed le cueillit du soulier, là où il était le plus café. Le gars s'effondra face au sol en se tenant le porte-lorgnons.

— Garde-à-vous, fixe, tas de gagne-deniers ! Inspecteur Fossoyeur Jones, c'est lui. Ed Cercueil, c'est moi. Le premier qui bouge se retrouve les pattes en l'air comme celui-là. Si vous savez quelque chose, vous venez causer, sinon vous rentrez border vos cafards, pigé ?

Les clampins en restèrent sidérés, avec toutes les teintes de l'ahurissement. Ils refluèrent l'œil mauvais, avant de s'évaporer. La rue était vide. Il ne restait plus, un peu à l'écart, que le négrillon, le menton posé sur sa roue jaune.

— T'as vu quelque chose, toi ?

— Oui. Le nègre blanc est tombé du ciel comme un ange.

Ed se dit que c'était beau d'être gosse, mais que ça ne faisait pas avancer les enquêtes.

— Viens voir, Ed.

Jones était penché au-dessus de la panière au cadavre. Un étrange cadavre. La tête était noire. Les mains et les avant-bras étaient noirs. Les pieds et les jambes jusqu'aux genoux étaient noirs. Mais le reste du corps était... blanc. Ed enjamba la panière et examina l'homme de plus près.

— Le Veuf !

Les membres passés au cirage, le corps écartelé comme une girouette mal peinte, c'était bien l'homme qui les avait abordés. A côté de lui reposait un paquet, enveloppé de chiffons. Ed et Jones avaient une petite idée de ce qu'il contenait...

Le corps du Veuf ne montrait aucune blessure, mais portait une corde autour du cou.

— Tu ne trouves pas, Ed, que c'est un peu court pour se pendre ?

— Il a peut-être changé d'avis, ou on l'a dépendu.

Un immense gaillard, qui portait la raie au milieu dans ses cheveux décrêpés, interrompit leur réflexion.

— Dites donc, les sabreurs, je peux récupérer ma marchandise ? J'ai des livraisons à faire, moi !

Le type avait plus d'or sur lui qu'une pendulette du château de Versailles. Il s'éclaircissait certainement le teint à l'onguent des Îles. Sa peau était devenue léopard.

— Qui c'est, celui-là ?

Le léopard pommadé montra fièrement l'enseigne : « *Mac, le roi de l'en-bourgeois rapide* ».

— T'es quoi, toi, là-dessus, le rapide ?

L'autre blêmit, sans crème. Vexé. Quoi ! On ne reconnaissait pas l'inventeur du petit pain rond fourré, celui qu'on mange « en bourgeois », vite fait, sur le pouce, entre deux émeutes. Il avait des carrioles dans tout Paris sur le parcours des manifestations.

— Je suis Mac. C'est moi, le patron de tout ça.

D'un geste des bras, il semblait embrasser le monde entier. C'était un peu prématuré pour son petit commerce.

— Tu tombes bien, c'est à toi qu'on veut parler.

— Par exemple, de ce qu'on trouve dans ton pain.

— Si tu nous invitais dans ta boutique...

Chez Mac, une rangée de femmes en tablier blanc et coiffe de repasseuse étaient alignées dans la cuisine devant une grande table. Elles glissaient en cadence une tranche de viande et un semis d'oignons frits entre deux tranches de pain rond, tout en chantant sur un rythme syncopé de contredanse. D'autres petites mains emballaient ensuite les pains en papillotes et les rangeaient dans des paniers d'osier, qui partaient aussitôt au cou d'hommes et de femmes attendant, à la file, sur le pas de la porte.

— Tu vois, Ed, la moitié de la journée, ces dames font de l'« en-bourgeois », et l'autre moitié du bourgeois tout court. C'est pour ça qu'on l'appelle le Mac.

— Belle organisation !

— Dis-nous, le Mac, qu'est-ce qu'il fait, ce type passé au cirage au milieu de tes pains ?

— C'est avec ça que tu les fourres ?

Ed montrait le ballot de chiffons calé au creux de son bras...

— Ce sont des calomnies de boutiquiers jaloux de mon succès. Il n'y a que de bons produits dans mes « en-bourgeois ».

Ed poussa le ballot de chiffons sur la table.

— A ton avis, qu'est-ce qu'on va trouver là-dedans ?

— Je... je sais pas.

— Alors, ouvre-le !

Les deux canons aux reflets argentés appuyèrent la demande. Le Mac déroula les linges du bout des doigts en tremblant. Un œil ouvert apparut. Le Mac sursauta, tira brusquement sur le linge. Une tête blonde bondit sur ses genoux. Il hurla et alla

« *Le Mac déroula les linges du bout des doigts en tremblant.* » (p. 56)

valdinguer, en reculant, dans une pile de tranches de viande hachée et une bassine d'oignons frits... « Un Mac, à consommer sur place ! »... L'annonce fit rigoler toute la boutique...

— Un cadavre au cirage plus une tête blonde, t'es mal barré !

— J'ai rien à voir avec ça. Les têtes de femmes, c'est du mauvais esprit. J'y touche pas, ça fait revenir les fantômes !

Le Mac embrassa avec fièvre une amulette qu'il portait autour du cou.

— Tu retiendras ça, Ed. Ce qui fait le plus peur aux gens de Haarlem, ce n'est ni la police, ni le diable, ni les flingues : ce sont les fantômes !

Ed notait. Jones continuait à bousculer le patron.

— On cherche une tête de nègre aux yeux bleus.

Le Mac avait perdu l'envie de se défiler.

— Oui, je l'ai vue passer. Mais j'ai pas pu la garder.

— Qu'est-ce que tu voulais en faire ?

— Une enseigne !

Ed et Jones se regardèrent, interloqués.

— Imaginez ça : les « En-bourgeois du Nègre bleu ». On serait venu de partout. Je doublais mes ventes.

— Où elle est passée, cette tête ?

— Chez Delorme. Faut pas compter pouvoir la récupérer.

— Et si on comptait quand même ?...

— Vaudrait mieux consulter Félicité, ma citoyenne. Elle le connaît bien. C'est elle qui l'a initié au vaudou.

— On peut la trouver où ?

— Au troisième. Elle pigeonne deux culs vernis du Mont-Sucre.

— Elle pigeonne à quoi, ta douce ?

— Au feu multiplicateur.

Jones se fendit en deux de toutes ses dents :

— Ça marche encore !

— C'est quoi, Jones, le feu multiplicateur ?

— Une vieille embrouille où tu fais croire à un pigeon que tu peux changer ses sols en louis d'or dans un poêle ou une cuisinière. Tu l'appâtes la première fois sur du petit bois. Il revient avec la galette et là, au moment de la transformation, deux compères arrivent habillés en gendarmes. Ils laissent s'échapper les arnaqueurs et arrêtent les pigeons, qui mettent encore à la poche pour éviter d'aller en prison. N'importe quel gosse de Haarlem connaît cette combine. Il n'y a que les nègres poudrés du quartier du Mont-Sucre pour se faire encore avoir !

Le Mac acquiesça en connaisseur. Tout à coup, il y eut du remue-ménage dans la boutique. Les filles se précipitèrent sur le trottoir en plantant là leur besogne. Dehors, on entendait une cavalcade de chevaux et des hourras... « Vive le général Davy-Dumas ! Vive le général ! » Par la fenêtre, on pouvait apercevoir un grand mulâtre en tenue d'apparat sur son cheval gris. Dans la foule, ça murmurait... « Si beau »... « A peine trente ans et déjà général de division »... « Fils d'un noble et d'une esclave. On dirait pas... »

— Ed, quand je vois les femmes le regarder comme ça, je me dis qu'on aurait peut-être dû rester militaires.

— Ton père s'appelait de la Pailleterie, toi ? Non ! Alors, restons à notre place. Nous, on nettoie les écuries de Haarlem ; lui, il y mène ses chevaux.

Le général entra dans la boutique. Le Mac l'accueillit en se gonflant les plumes.

— Nous rejoignons l'armée du Nord cette nuit.

Châlons-sur-Marne, Valmy, ce sera décisif pour la Patrie. Le Mac, je dois voir Félicité avant de partir.

— Ces messieurs aussi, mon général.

Ed et Jones claquèrent des talons et saluèrent Davy-Dumas avec un bel ensemble.

— Ed Cercueil et Fossoyeur Jones, en mission spéciale de police !

— Très bien, mes braves. Faites. Je vais m'asseoir là et consigner mon journal. C'est pour mon fils plus tard. Il racontera toutes les histoires que j'ai vécues.

— Il a quel âge, mon général ?

— Il n'est pas né. Mais il se prénommera Alexandre comme moi, sera écrivain comme j'aurais voulu l'être et prendra le nom d'esclave de sa grand-mère, Cécette Dumas. Ça aura de la gueule : Alexandre Cécette Dumas !

— Alexandre Dumas sonnerait mieux, mon général.

Ed avait osé la remarque.

— Tu as raison, soldat ! Ce sera Alexandre Dumas ! Qu'on m'apporte une plume, de l'encre et du papier !

Ed et Jones laissèrent le général à son œuvre. Ed récupéra la tête de la princesse, qui avait roulé sous le hachoir à viande. C'était moins une pour l'« en-bourgeois » ! Ils embarquèrent le Mac dans les étages. Au troisième, le patron les conduisit dans un petit débarras. De là, ils pouvaient voir ce qui se passait à côté. Félicité officiait. Elle enfournait des liasses d'assignats dans un poêle à bois. Assis devant elle, les pigeons avaient la tête de l'emploi. Deux replets noir suie auxquels il ne manquait plus que l'anneau dans le nez. Félicité lança ses incantations :

— Flammes purificatrices, feu multiplicateur, crachez l'abondance dans la cendre de votre foyer !

— Dame Félicité, précisez-lui bien : seulement en certificats de 1 000 et 2 000 livres !

Le second replet balança un coup de coude rageur dans les côtes de son associé :

— Tais-toi, imbécile ! Tu vas nous faire gâcher l'affaire de notre vie. Ne l'écoutez pas, ô grande prêtresse ! Nous prendrons ce que le feu nous donnera.

Derrière la porte, le Mac jubilait :

— Elle est forte, ma citoyenne, hein ?

— On y va maintenant, Ed ?

— Attendez, messieurs ! Encore une seconde, s'il vous plaît.

Félicité, un flambeau à la main, s'approchait du poêle.

— Feu multiplicateur, sois généreux avec ces deux pauvres hommes !

Dans la chambre, il y eut soudain une explosion, avec une forte odeur de poudre et un large panache de fumée noire.

— On y va, Ed !

Ils se précipitèrent dans la pièce. La fumée avait déjà bouffé tout l'espace. La gorge était saisie comme à pleines mains.

— Ne bougez plus ! Police !

Félicité s'éclipsa à quatre pattes vers le débarras. Ed et Jones rattrapèrent les replets qui rampaient vers la sortie. Ils les plaquèrent contre le parquet. Les mollusques tremblaient de toute leur gélatine et imploraient :

— Ne nous faites pas de mal ! Ne nous faites pas de mal ! Nous ferons ce que vous voulez.

— Ne bougez pas ! Police !

La porte d'entrée de la chambre se fracassa. Surgirent deux épouvantails à moineaux, enrubannés de tricolore. Ils lancèrent un : « Ah ! Ah ! Mes gaillards, vous êtes faits ! » qui les aurait fait éjecter de n'importe quel théâtre, de la porte Saint-Antoine à la porte Saint-Martin. Dans l'épais nuage noir, ce fut une mêlée à grands coups de pied, de poing et de crosse. Les enrubannés ne faisaient pas le poids et durent bientôt battre en retraite, profitant du brouillard pour s'éclipser.

— Désolé, messieurs, j'avais oublié ces deux-là.

Il n'avait pas du tout l'air désolé, le Mac. Sa Félicité encore moins. Elle comptait ses liasses avec un pouce gourmand malgré la fumée qui gagnait partout dans le logement. Ed en avait respiré sa dose et commençait à sentir remonter son boudin aux pommes.

— J'ai peut-être un peu forcé sur la poudre à canon.

Ce constat n'empêchait pas Félicité de continuer à enquiller calmement les assignats dans sa ceinture de chasteté.

— Tu crois, Fossoyeur, qu'ils voulaient nous faire repasser par ces deux polichinelles ?

— Ça m'en a tout l'air, et c'est signe qu'on est sur la bonne piste.

— En parlant d'air, le Mac, y a pas un endroit plus respirable pour causer ?

— Chez nous, au-dessus.

Ed saisit au vol le regard furieux que Félicité lança au Mac.

« Chez nous » était un euphémisme pour désigner du 120 livres minimum de loyer trimestriel. Côté décoration, ça hésitait entre la maison de maître, la case et le petit Trianon. Ed posa la tête emmaillotée de la princesse sur un guéridon, histoire d'ajouter sa touche à l'ensemble. Soudain, il réprima un énorme hoquet et se précipita à la fenêtre. Il gerba, boudin et pommes, dans le désordre...

— Viens voir, Fossoyeur !

— Je te remercie, Ed ! C'est gentil de partager, mais je n'ai plus faim.

— Viens, je te dis, ça va t'intéresser.

Jones s'approcha. En bas, le corps du Veuf était toujours dans sa panière. Mais, en plus d'être moucheté de frais, on se rendait bien compte qu'il était juste à l'aplomb de la fenêtre. Ed se frappa le front :

— Le gosse à la roue jaune, Fossoyeur !

— Quoi, le gosse ?

— Il a dit : "Le nègre blanc est tombé du ciel comme un ange." Ce gosse a vu dégringoler le corps. Regarde la disposition des fenêtres : le Veuf ne peut venir que d'ici.

— Ne bougez pas, mes agneaux !

Jones avait dégainé et mis en joue le Mac et Félicité, qui amorçaient un repli vers la sortie.

— Ça va saigner si vous continuez à nous prendre pour des imbéciles.

Du canon de son arme, Fossoyeur frappa le Mac à la rotule. L'entrepreneur en viande avariée s'affala en couinant comme un porc.

— Quand tu boiteras, tu penseras à moi !

Félicité affichait un air calme, mais ses mains partaient en bloblote.

— D'accord, messieurs, ne nous énervons pas. On va prendre un petit verre et causer.

Avec des gestes d'ancienne taulière, elle servit un ratafia à réveiller le Veuf dans sa panière.

— Ce type est venu ce soir. Un Blanc peint en nègre. Ridicule ! Mais on en voit tellement qui font ça, pour venir reluquer nos filles, écouter de la musique, ou chercher des sorts. Bientôt, faudra organiser des visites du quartier avec des montreurs comme dans les baraques foraines.

L'oreille de boutiquier du Mac se dressa. Ce

n'était pas une mauvaise idée. Elle était vraiment forte, sa citoyenne...

— Votre Veuf, comme vous dites, avait déjà une tête, mais en cherchait une autre, une tête de nègre. Il parlait d'une histoire d'amour, mais son regard causait d'argent. Là-dessus, les sbires de Delorme ont débarqué et...

Énervé, Fossoyeur la coupa :

— Mais pourquoi Delorme tient-il tant à cette tête-là ?

— Une vieille légende d'Afrique dit qu'un jour un sauveur arrivera. Ce sera un nègre aux yeux bleus. Il aura la force du Noir et l'intelligence du Blanc. Il apportera le bonheur et la prospérité à chacun, quelle que soit sa couleur.

— Qu'est-ce que ça a d'extraordinaire, ce genre de salade ? Des sauveurs, y en a un par escalier, à Haarlem.

Jones ne se sentait pas prêt à gober n'importe quoi. Félicité expliqua :

— Oui, mais il n'y a qu'un Temple du Sauveur Universel. Quand Delorme a rencontré Germain d'Anderçon, le nègre aux yeux bleus, il a tout de suite vu le parti qu'il pouvait en tirer. Il l'a convaincu qu'il était le sauveur et a monté un nouveau culte.

— Et le fils du marquis a marché ?

— Ce n'était qu'un gosse. Il n'a pas vu que Delorme le manipulait...

Une jeune femme en tablier blanc entra :

— Madame, le général Davy-Dumas vous demande.

— Faites patienter. Dites que j'arrive... Donc, tout allait bien pour Delorme. Son Temple prospérait. Ça ne désemplissait pas, et l'argent tombait à pleines marmites.

Félicité laissa deviner une petite pointe d'envie.

— Mais ça s'est gâté quand Germain a rencontré

la princesse. Elle lui a ouvert les yeux. Il a quitté le Temple. Aussitôt, la princesse a été arrêtée. Un coup de Delorme. Germain a voulu la sauver. Il a demandé à Delorme de l'aider. L'autre l'a trahi et dénoncé. Vous connaissez la suite.

Fossoyeur s'impatientait. Pendant ce temps-là, la tête de nègre voyageait et le temps passait.

— Mais pourquoi faire guillotiner le fils du marquis ? Quel était l'intérêt de Delorme ?

— Vivant, il ne lui servait plus à rien. Il était même dangereux. Il voulait le démasquer auprès de ses fidèles. Tandis que mort...

— On a compris : le martyre, tout le tremblement... et la caisse qui continue à chanter !

Ed tenta un raccourci :

— On peut le trouver où, ce Delorme ?

— A trois rues d'ici. Mais vous n'arriverez pas jusqu'à lui.

D'un revers, Jones balaya la bouteille de ratafia, qui éclata contre le mur.

— Il y a toujours un moyen !

— Pas cette fois, messieurs. Son Temple est une vraie forteresse, gardée par une bande d'égorgeurs bien armés.

La jeune fille au tablier réapparut, embarrassée...

— Madame, le général insiste vraiment. Il doit partir.

— J'arrive, ma fille. J'arrive !

Le silence pesait sur la pièce. Ed Cercueil prit son air de chat de gouttière...

— Moi, je sais comment arriver jusqu'à Delorme.

Ed profita de son effet quelques secondes.

— C'est le tablier de la serveuse qui m'a donné une idée.

— Moi aussi, Ed. Mais peut-être pas la même...

— A Haarlem, tout le monde mange de tes « en-bourgeois », pas vrai, le Mac ?

— Si je ferme, c'est la famine ici.

— Même pour les gars de la bande à Delorme ?

— Eux ? Des voraces ! Mais c'est pas facile de se faire payer.

Ed s'offrit un sourire qui lui fit le tour de la tête.

— Félicitations, patron ! Je te présente tes deux nouveaux livreurs.

Le Mac garda l'air idiot du type qui a mal à la rotule. En rigolant, Ed Cercueil et Fossoyeur Jones se tapèrent dans la main.

— Il reste à nous expliquer comment le Veuf a atterri en bas dans le pain.

— Ça, c'est Mac qui va vous le raconter. Je dois rejoindre le général. Il ne part jamais en campagne sans que je lui fasse les sorts.

Félicité sortit. Tout seul, le Mac ne se sentait pas rassuré.

— Vous allez voir, c'est bête, comme histoire. Delorme a appris que le Veuf était là. Il a envoyé quatre hommes. Ils l'ont attrapé, déshabillé et lui ont passé une corde au cou. Il devait aller comme ça jusqu'au Temple pour demander pardon. Ils ont voulu le marquer au tisonnier, mais il était vif, le bougre !

Ed et Jones revirent la manière dont le Veuf leur avait échappé pour prendre le fiacre jaune en marche.

— Il s'est défait des quatre types et a sauté par la fenêtre avec la tête de la princesse. C'est un simple accident. Il s'est tué en tombant dans la panière. Pourtant, mon pain était frais...

— Je me demande quand même comment il est arrivé jusqu'à toi.

— Peut-être qu'il aimait mes petits pains.

— Et les miens, tu les aimes ?

Fossoyeur lui décocha une torgnole pleine bouche. Le Mac, estourbi, lécha son sang, pensant tout à coup qu'il devrait ajouter du coulis de tomate à la viande. Ça corserait le goût...

— La mémoire te revient ?

Ed intervint :

— La gargote, Jones, la gargote ! Le Veuf nous a avoué qu'il avait surpris notre conversation. C'est là qu'il a entendu parler du Mac et de son goût pour les têtes de collection.

Fossoyeur acquiesça, magnanime :

— D'accord, on va oublier ton petit trafic, et maintenant, si j'ai bien compris, on a une livraison à faire... patron.

— Le Mac, puisque tu aimes tant les têtes, garde-nous celle de la princesse... au chaud.

## 5 — Dare-dare

Ed Cercueil et Fossoyeur Jones avançaient de front sur le trottoir de Les Nox. Une sangle passée autour du cou, ils portaient un panier d'« en-bourgeois » calé sur le ventre. On les aurait dits tout chaud enceintes.

— Ed, tu ne crois pas qu'on en fait un peu trop, avec notre chapeau en papier rouge et blanc ?

— Il faut faire vrai. Alors, on fait vrai !

Dans la rue, personne ne semblait faire attention à eux. Haarlem s'en foutait, de ces deux livreurs au sourire pas très commercial. Haarlem avait autre chose à faire. Coincés entre deux immeubles, des gosses s'amusaient à lancer une tête rafistolée dans un panier percé accroché à un arbre. Ce jeu avait l'air de leur plaire. A chaque panier réussi, ils se tapaient dans les mains comme Ed et Jones.

— Tu vois, Fossoyeur, il a fallu qu'on se déguise comme ça pour que je m'aperçoive que je ressemblais tant à tous ces gens.

— Attention, toi, tu es en train de tomber amoureux d' Haarlem ! Ça ne pardonne pas !

Le négrillon à la roue jaune les dépassa. C'était bon signe. A l'angle de Les Nox et de la 125$^e$, le Temple du Sauveur Universel apparut. Il en jetait, avec ses oriflammes bleu et or. En haut des marches, deux cerbères jouaient aux cartes en fumant des feuilles de tabac roulées qui leur faisaient flotter le regard.

— On vient livrer !

Concentrés sur leurs brèmes, ils leur jetèrent à peine un œil et firent un signe du pouce. Ed et Fossoyeur enfilèrent une sorte de péristyle qui courait autour d'un jardin. Une vingtaine de moinillons en tunique blanche, bandeau bleu au front, déambulaient en psalmodiant des litanies incompréhensibles. Au bout d'un couloir à colonnes, Ed et Jones vinrent buter sur une porte en ogive, ferronnée façon cachot. Elle était gardée par un géant albinos en aube bleue.

— Ce sont les « en-bourgeois » de M. Delorme.
— Dites le Premier Maître Universel ! Laissez ça ici !
— Pas question. On veut pas d'histoires avec notre patron. Faut que ce soit livré chaud et en main propre.
— Laissez ça ici !

Ce type avait dû être gargouille dans une autre vie. Ed et Jones se regardaient. Il y avait bien les pistolets au fond du panier, mais ça ferait du vilain.

— D'accord, Ed, on va laisser la commande du Premier Maître Universel refroidir ici. On dira que c'était un ordre de monsieur...
— Dites frère !
— Frère comment ? Faudra bien qu'on raconte qui nous a empêchés.

La gargouille albinos plissa du front. Son crâne semblait mouliner ce qui lui restait de jugeote sous sa voûte calleuse.

— Je veux voir !

Il avança une paluche à broyer les os.

— Et, en plus, le frère inconnu veut toucher la nourriture du Premier Maître Universel !

L'albinos ôta son battoir comme s'il venait de se brûler. Il reflua et décadenassa la porte en grognant. Il y eut plus de tours de clef que pour libérer les six prisonniers de la Bastille.

La porte de cachot donnait sur un perron en surplomb d'une haute crypte mal éclairée. Deux torches de résine se démenaient comme elles pouvaient pour crachoter un peu de lumière. Là-haut, un œil-de-bœuf percé dans la voûte faisait office de vitrail crasseux. Ed et Fossoyeur avancèrent jusqu'à une sorte de balustrade. Ils s'immobilisèrent soudain, saisis par le spectacle.

Du plafond descendaient, au-dessus d'une estrade, quatre longues chaînes. A chacune était pendu par les pieds un homme nu à la tête tranchée. Sous la voûte tonnaient des chants de femmes qui balançaient au rythme des mains qui battaient.

Ed et Jones se sentirent pousser des ergots de coq sur la peau. Ils descendirent un escalier de pierre en colimaçon et se retrouvèrent de plain-pied avec une longue salle creusée d'alvéoles sombres. Les rires et les râles disaient assez bien ce qu'on y nichait. Des hommes et des femmes ivres jonchaient l'endroit par grappes. Ils ronflaient, à contretemps des chants. Ed et Jones se dirigèrent vers une estrade sur laquelle trônait une chaire d'église grossièrement repeinte en bleu. Elle était surmontée d'un immense tableau figurant une parade de soldats noirs à cheval. Ils n'eurent pas le temps de le détailler. Une voix gronda dans leur dos...

— J'ai failli attendre !

Delorme !

Delorme, enfin ! Ils se retournèrent. Sa voix l'avait déjà annoncé : taillé bien au large dans sept pieds de haut, les dents du malheur bien écartées dans une face d'encre, il portait le même uniforme que les cavaliers du tableau.

— Vous admiriez cette toile, mes frères. Ce sont les uhlans de la garde personnelle du maréchal de Saxe dans leur habit vert ! Mon père en faisait partie. C'est lui, là, le plus grand.

Delorme pointait le doigt vers un géant qui dépassait les autres de tout son casque à queue de crin.

— En ce temps-là, les hommes de cette trempe avaient leur quartier au château de Chambord. Pas dans les caves de Haarlem, comme des rats !

Il désigna, en retrait sur l'estrade, une cage de verre posée sur une colonne de marbre. A l'intérieur reposait la tête du nègre aux yeux bleus. Un œil grand ouvert.

— Notre Sauveur Universel, mes frères. Agenouillez-vous !

Ed et Jones obéirent. La génuflexion leur plongeait la tête dans le panier d'« en-bourgeois ». L'hommage avait une bonne odeur de pâte chaude, mais offrait leurs nuques au sabre de Delorme. Ils sentaient la sueur dessiner des pointillés autour de leur cou.

— Vous m'apportez à manger, me dit-on.

— C'est plutôt une offrande de notre patron, le Mac.

— Ce décoloré et sa prêtresse ont tant à se faire pardonner...

Delorme fit un signe du menton vers les hommes décapités pendus au bout de leurs chaînes. Sans doute ceux qui étaient venus chercher le Veuf et l'avaient laissé sauter par la fenêtre.

— Voyons cette offrande.

Delorme prit un « en-bourgeois », et l'engloutit d'une bouchée.

« *Il désigna, en retrait sur l'estrade, une cage de verre posée sur une colonne de marbre.* » (p. 74)

— C'est tendre ! C'est chaud ! On dirait un petit cœur de princesse.

Delorme fixa les livreurs en souriant. Il leva la main comme pour demander la parole. Le chant des femmes s'arrêta net. Ed et Fossoyeur entendirent, dans leur dos, le cliquetis des sabres qu'on met au clair. Ils pivotèrent. Une vraie revue de détail. Il y avait des piques, des baïonnettes, des haches, des machettes et toute une brassée de traîne-patins dégoulinants impatients de ferrailler.

— Excusez la tenue de mes hommes. On a beaucoup égorgé du côté de l'Abbaye. Et la soirée n'est pas terminée.

Ed et Jones évaluèrent la situation. Pas fameux du tout.

— Ed Cercueil et Fossoyeur Jones... Comment avez-vous pu imaginer qu'on puisse se promener dans Haarlem en posant des questions à mon sujet sans que je le sache ? Vous êtes naïfs. Naïfs mais courageux d'être venus ici seuls et sans arme !

Sans arme ! La remarque sonna comme une invitation pour Ed et Jones. Sans même se concerter, ils avaient déjà plongé, empoigné leurs engins et balancé les paniers en l'air. Les petits pains se multiplièrent à la volée. Miracle ! Ils sautèrent sur l'estrade, les canons pointés sur les égorgeurs.

— Garde-à-vous, fixe, mes mignons !

Delorme se retrouva avec sa propre lame de sabre sous la gorge. Ça lui écarquillait les yeux et encore plus les dents.

— Celui qui bouge envoie le Premier Maître Universel rejoindre les quatre pendeloques.

— Jetez votre attirail par terre !

On se serait cru à la reddition des Suisses aux Tuileries.

— A quoi bon, mes frères, vous n'arriverez jamais à sortir d'ici vivants !

— On aura au moins eu le plaisir de te trancher la gorge.

Ed frappa Delorme à l'estomac pour prendre un acompte et finit de l'assommer avec la coquille du sabre, par gourmandise. Les égorgeurs en eurent un haut-le-cœur. Le chant des femmes se mua en une longue plainte outrée... « Oh ! sacrilège !... Oh ! sacrilège !... » Pendant ce temps, Ed brisait la cage de verre et récupérait la tête de nègre aux yeux bleus. Un petit sec, avec un anneau à l'oreille, voulut en profiter pour grimper sur l'estrade. Ed abattit le sabre sur sa main. Deux phalanges furent catapultées vers l'œil-de-bœuf comme un boulet de quatre livres. Le mutilé poussa un hurlement de soliste que le chœur des femmes reprit en plus aigu. Ça vibrait sous la crypte. Les autres reculèrent en comptant leurs doigts. La giclée de phalanges donna une idée à Ed. Il fit tournoyer son sabre et trancha d'un coup la cheville d'un pendu. Le corps tomba sur l'estrade comme un sac de grains. Ed tendit la chaîne à Fossoyeur et lui montra l'œil-de-bœuf :

— Notre seule chance ! C'est le moment de montrer que, toi aussi, tu es un vrai voltigeur !

Fossoyeur se chargea de la tête de nègre. Il saisit la chaîne, courut sur l'estrade et s'élança, aidé par Ed qui le poussait aux fesses comme aux balançoires. En deux aller et retour à travers la salle, Fossoyeur avait pris assez de vitesse et de hauteur pour atteindre l'œil-de-bœuf.

— Vas-y, Jones, lâche-toi !

Fossoyeur obéit. On vit son corps à l'horizontale traverser l'œil-de-bœuf comme un archange dans le vitrail... Le chœur des femmes chantait... « Alléluia !... Alléluia !... »

— A toi, Ed !

Cercueil attrapa la chaîne à la volée. Il balança

Delorme en bas de l'estrade au milieu de sa bande, s'élança de la chaire pour prendre de l'élan et se propulsa dans les airs. Mais les égorgeurs avaient compris la manœuvre. Ils n'avaient plus qu'à l'attendre à la descente pour l'écorcher comme un lapin. Un vociférant à hallebarde se posta sur l'estrade. Ed le sabra dans l'élan et lui trancha la jugulaire. Fin d'un primitif. Là-haut, Fossoyeur s'était récupéré de son vol plané. Posté à l'œil-de-bœuf, il étala un sang-mêlé d'une balle en plein front, tandis qu'Ed scalpait une torche. La pénombre devint plus intime.

Ed donna un dernier coup de reins. Au moment où il passait à pleine vitesse au-dessus de l'estrade, il vit une main qu'il ne put parer se lancer vers son visage. Il ressentit une violente brûlure à la face. Une douleur atroce sur la peau et la nuit la plus complète.

— Lâche, Ed ! Lâche !
— Je ne vois plus rien !
— Lâche !

Ed lâcha la chaîne au jugé. Une fraction de seconde, son corps resta suspendu dans les airs. Il allait s'écraser sur l'estrade au milieu de ces chiens et se faire écharper. Mais il sentit dans son dos une longue traînée douloureuse l'arracher jusqu'à l'os. Il était sacrifié par le vitrail, mais sauvé. La béatitude de l'œil-de-bœuf.

— T'as réussi, Ed ! T'as réussi !

Fossoyeur le congratula à pleines plaies.

— Fossoyeur, il fait nuit noire ou je suis aveugle ?

— Ces pourris ont dû te balancer de l'acide. C'est pas joli à voir. Faut protéger ça.

Fossoyeur déchira sa chemise en charpie et pansa au mieux la tête de son complice.

— Bon Dieu, vu des toits, Haarlem est superbe.

— C'est peut-être pas le moment de me parler du paysage !
— Tu as raison. On reviendra le voir ensemble.
Ed serra la tête de nègre dans ses bras et s'accrocha à la ceinture de Jones.
— On va où ?
— Chez le Mac, récupérer l'autre tête, et dare-dare !

## 6 – *L'aveugle au pistolet*

Félicité accueillit Ed et Fossoyeur comme des revenants... qu'on n'avait nulle envie de voir revenir.

— Qu'est-ce qui s'est passé ?

— Les gars de Delorme lui ont jeté de l'acide.

— Je m'en occupe. L'onguent des Îles apaisera la douleur, mais si les yeux ont été touchés...

— C'est le moment de faire des miracles. Et vite ! On vient juste rechercher notre tête...

La fille au tablier la leur apporta, emballée de frais.

— Il faudrait préparer l'autre aussi.

Le Mac surgit, affolé, la bouche boursouflée et boitant comme un mendiant.

— Delorme et sa bande rappliquent ! Il faut que vous partiez !

Le Mac loucha sur la tête de nègre. Fossoyeur intercepta son regard.

— Ne rêve pas à ça, tu vas t'ajouter des douleurs !

Ed réapparut avec Félicité. Avec sa tête complètement emmaillotée, il ressemblait à une marotte de perruquier.

— Franchement, monsieur Jones, je suis inquiète pour ses yeux.

— Accroche-toi à moi, Ed ! Ça ira, ah, ça ira !

Fossoyeur chargea Ed des deux têtes et l'entraîna dans l'escalier. En bas, dans la boutique, le

Mac leur indiqua une porte en direction des cuisines.

— Par là ! Un fiacre vous attend.

Ed tira Fossoyeur par la manche.

— C'est un piège. Il pue la trouille, celui-là.

Le Mac se figea. Ed avait raison : trop de sueur sur son visage. De l'autre côté de la rue, Jones vit le négrillon qui lui faisait des signes. Il n'avait plus sa roue jaune.

— Y a le gosse qui nous appelle, Ed ! Qu'est-ce qu'on fait ?

— On le suit !

Ils coururent dans la direction du négrillon. On s'écarta sur leur passage avec des cris de frayeur. Il faut dire qu'un furieux à flingues d'argent traînant un fantôme à trois têtes, ce n'était pas demain qu'ils reverraient ça. Même à Haarlem.

— Où t'as mis ta roue, toi ?

— Là !

Le négrillon montra un coupé démantibulé attelé à une rossinante. La roue jaune brillait comme un soleil de Fontenoy.

— Raconte-moi, Jones ! Raconte-moi !

— Vaut mieux pas !

Au débouché de Les Nox et de la 123$^e$, on entendait le fracas d'une cavalcade. C'était la troupe de Delorme qui rappliquait au galop. Fossoyeur poussa Ed dans la voiture.

— Tiens ! Pour toi, Monsieur-Tête.

Le gosse tendait une grosse pomme à Ed. Il la prit au jugé et la respira.

— Elle est rouge, hein, gamin ?

— Oui, Monsieur-Tête, elle est rouge.

Le gosse sourit et fit claquer son fouet... Yeil ! Ho ! Kab !... La rossinante s'arracha comme un étalon pour la saillie. Jones cala sous la banquette les deux têtes dans leurs linges blancs. Le Veuf voulait les réunir. C'était fait. Les amants se donnaient un étrange baiser voilé.

— Plus vite, gamin, ils se rapprochent !

Les Nox s'était complètement vidée sous la charge. La bande d'égorgeurs fonçait sur toute la largeur de l'avenue, Delorme en tête, le sabre comme une lance. Ça canardait maladroitement.

— On va leur répondre, à ces pourris. Ed, comme tu ne peux pas recharger, c'est toi qui vas tirer.

— Un aveugle aux pistolets ! Je n'y aurais pas pensé tout seul.

— Je te guiderai. Ça nous a bien réussi tout à l'heure.

Le coupé filait au mieux de la rossinante, mais perdait du terrain sur ses poursuivants. Ed mitraillait aux ordres... « A gauche !... Droit derrière !... En plein dedans, Ed !... Bravo !... »

— Allez, gamin ! Encore un effort. Au Parc central, on sera sauvés ! Ils n'oseront pas aller plus loin.

— Il y a des fantômes dans le parc !

Ed n'avait pas le temps de traduire les énigmes du négrillon. Un enragé avec des dents en or tenta de s'accrocher à la portière. Il fallut le décramponner à coups de talon. Son corps fut traîné derrière la voiture. Ses chicots faisaient jaillir des étincelles sur le pavé. Aux fenêtres, on applaudissait le spectacle.

— Raconte-moi, Fossoyeur !

— Reste aveugle, Ed ! Reste aveugle !

La rossinante n'en pouvait plus. Derrière, la meute était prête pour la curée. Soudain le feuillage du parc se dessina sur le petit jour. La Providence en ombres chinoises. Mais Delorme surgit, le sabre levé. Ed ne pouvait pas voir la lame qui allait s'abattre sur lui.

— Les fantômes !

Le gosse avait crié en se dressant sur son siège. Tout à coup, les cavaliers au plein galop tirèrent sur les rênes. La troupe se figea, les chevaux se cabrèrent, comme horrifiés.

— Regardez ! Les fantômes !

Deux rangs de cavaliers en tunique blanche barraient l'entrée du Parc central. Ils avaient le visage dissimulé par de hauts bonnets percés de trous aux yeux et portaient des torches embrasées. Une immense croix de bois était plantée derrière eux.

— Raconte-moi, Fossoyeur !

— Ça, jamais. Plutôt crever !

Le gosse fit piquer le coupé dans la 112$^e$. Derrière eux, Delorme exhortait ses hommes :

— Vous n'allez pas vous laisser effrayer par ce clan de gugusses !

Mais personne ne voulait bouger. Un des fantômes embrasa la croix. Les égorgeurs s'enfuirent en désordre. Delorme hurlait de rage :

— Ed Cercueil et Fossoyeur Jones, on se retrouvera !

L'attelage s'éloigna de Haarlem au trot. Il franchit la Seine et arriva chez le marquis. Le jour se levait. Le négrillon mangeait une pomme. Ed se rassurait. Déjà, il retrouvait son œil gauche. Le miracle de l'onguent des Îles...

— Comment tu te sens, Ed ?

— Je devrais échapper à l'œil de verre... C'est pas vrai !

Jones vit Ed se précipiter soudain sur la tête de nègre emmaillotée et dérouler le linge.

— Qu'est-ce que tu fais ?

— Je vérifie si nous ne sommes pas deux imbéciles de nègres.

Ed souleva la paupière fermée. En dessous, le

« *Un discret ruban de dentelle autour de son cou donnait l'impression que toute cette histoire n'avait jamais existé.* » (p. 89)

bleu avait mangé tout l'œil. Il enfonça son pouce dans l'orbite.

— Mais... Tu es fou !
— Tu trouves ?

Ed fit sauter l'œil et montra dans sa main un énorme diamant bleu.

— C'est en parlant de l'œil de verre que je me suis rappelé la tête de nègre chez Delorme. Elle n'avait qu'un œil de fermé. Un type du régiment dormait comme ça. Et il avait...

— ... un œil de verre !

Fossoyeur, d'abord sidéré, explosa :

— On s'est fait rouler dans la sciure. Je vais le tuer ! Tout marquis qu'il est, je vais le saigner à bleu...

— Et si on lui parlait, d'abord ?

Le marquis les accueillit avec une chaleur retenue :

— Mes amis, je ne sais comment vous remercier. Je fais porter immédiatement au duc de Penthièvre la tête de sa malheureuse belle-fille. Quant à mon épouse et à moi, vous ne pouvez savoir quel trésor vous nous avez rendu.

Ed et Jones en avaient pourtant une petite idée.

— Désormais, je suis votre obligé. Vous pouvez tout me demander.

— Nous avons été payés, monsieur le marquis. Nous souhaiterions seulement...

Ed interrompit Fossoyeur et retint son bras.

— Saluer votre fils, une dernière fois... Seuls.

Germain était étendu sur le lit, les yeux fermés. Un discret ruban de dentelle autour de son cou donnait l'impression que toute cette histoire n'avait jamais existé. Jones souleva la paupière gauche. Un simple œil de verre avait remplacé le diamant bleu.

— Laisse-moi le saigner, Ed. Je sais qu'il t'a sauvé la mise, mais laisse-moi le faire.

— Après ça, on n'aura plus qu'à partir pour les Amériques.

— Et alors ? On fait une sacrée équipe, tous les deux. Là-bas, on trouvera bien à s'employer, dans l'armée ou la police.

— D'accord. On le liquide tout de suite.

La porte de la chambre s'ouvrit. Le marquis d'Anderçon parut. Fossoyeur descendit la main vers sa lame. Ed le laissa faire. Le marquis s'effaça, la marquise apparut. A son cou pendait le diamant bleu, comme sur le tableau du petit salon sombre. Ed se souvint de la pierre lumineuse.

— Messieurs, en nous rendant notre fils et cette pierre bleue qui est l'emblème de notre maison et qu'il cachait dans son corps, vous nous avez rendu la vie.

La marquise s'agenouilla devant Ed et Jones et leur baisa les mains. Ils auraient voulu disparaître sous terre. Ils disparurent.

On retrouva leurs pas, quelque part sur le pavé de Paris. Ed Cercueil et Fossoyeur Jones marchaient côte à côte. Ils s'étaient partagé la grosse pomme rouge du gosse.

— Et si on allait vraiment aux Amériques, Ed ?

— Avec tout ce qui se passe à Haarlem, tu crois que ça vaut la peine d'aller si loin ?

— Tu as raison. Il faut déjà bien connaître son quartier avant de courir le monde.

— On demandera au fils du général Davy de raconter nos histoires.

— Ne rêve pas. Avant que les nègres écrivent...

Jones soupira :

— Je me demande si Delorme était au courant pour le diamant...

— Peut-être qu'il respectait vraiment cette tête de nègre.
— La seule façon de le savoir, ce serait de retourner à Haarlem.
— Pourquoi pas ? Il reste sûrement des choses à voir, là-bas...
— Je te l'avais bien dit que tu tomberais amoureux de ce quartier.

Fossoyeur montra, devant eux, le négrillon à tête de marmotte qui avait récupéré sa roue jaune.

— Et lui, qu'est-ce qu'on en fait ?
— On le suit.

# CATALOGUE LIBRIO (extraits)

## LITTÉRATURE

**Hans-Christian Andersen**
La petite sirène et autres contes - n° 682

**Anonyme**
Tristan et Iseut - n° 357
Roman de Renart - n° 576
Amour, désir, jalousie - n° 617
Pouvoir, ambition, succès - n° 657
*Les Mille et Une Nuits* :
Sindbad le marin - n° 147
Aladdin ou la lampe merveilleuse - n° 191
Ali Baba et les quarante voleurs *suivi de* Histoire du cheval enchanté - n° 298

**Fernando Arrabal**
Lettre à Fidel Castro - n° 656

**Boyer d'Argens**
Thérèse philosophe - n° 422

**Isaac Asimov**
La pierre parlante *et autres nouvelles* - n° 129

**Richard Bach**
Jonathan Livingston le goéland - n° 2
Le messie récalcitrant (Illusions) - n° 315

**Honoré de Balzac**
Le colonel Chabert - n° 28
Ferragus, chef des Dévorants - n° 226
La vendetta *suivi de* La bourse - n° 302

**Jules Barbey d'Aurevilly**
Le bonheur dans le crime *suivi de* La vengeance d'une femme - n° 196

**René Barjavel**
Béni soit l'atome *et autres nouvelles* - n° 261

**James M. Barrie**
Peter Pan - n° 591

**Frank L. Baum**
Le magicien d'Oz - n° 592

**Nina Berberova**
L'accompagnatrice - n° 198

**Bernardin de Saint-Pierre**
Paul et Virginie - n° 65

**Patrick Besson**
Lettre à un ami perdu - n° 218
28, boulevard Aristide-Briand *suivi de* Vacances en Botnie - n° 605

**Pierre Bordage**
*Les derniers hommes* :
1. Le peuple de l'eau - n° 332
2. Le cinquième ange - n° 333
3. Les légions de l'Apocalypse - n° 334
4. Les chemins du secret - n° 335
5. Les douze tribus - n° 336
6. Le dernier jugement - n° 337
Nuits-lumière - n° 564

**Ray Bradbury**
Celui qui attend *et autres nouvelles* - n° 59

**Lewis Carroll**
Les aventures d'Alice au pays des merveilles - n° 389
Alice à travers le miroir - n° 507

**Jacques Cazotte**
Le diable amoureux - n° 20

**Adelbert de Chamisso**
L'étrange histoire de Peter Schlemihl - n° 615

**Andrée Chedid**
Le sixième jour - n° 47
L'enfant multiple - n° 107
L'autre - n° 203
L'artiste *et autres nouvelles* - n° 281
La maison sans racines - n° 350

**Arthur C. Clarke**
Les neuf milliards de noms de Dieu *et autres nouvelles* - n° 145

**John Cleland**
Fanny Hill, la fille de joie - n° 423

**Colette**
Le blé en herbe - n° 7

**Benjamin Constant**
Adolphe - n° 489

**Savinien de Cyrano de Bergerac**
Lettres d'amour et d'humeur - n° 630

**Maurice G. Dantec**
Dieu porte-t-il des lunettes noires ? *et autres nouvelles* - n° 613

**Alphonse Daudet**
Lettres de mon moulin - n° 12
Tartarin de Tarascon - n° 164

**Philippe Delerm**
L'envol *suivi de* Panier de fruits - n° 280

**Virginie Despentes**
Mordre au travers - n° 308
*(pour lecteurs avertis)*

**Philip K. Dick**
Les braconniers du cosmos *et autres nouvelles* - n° 92

**Denis Diderot**
Le neveu de Rameau - n° 61
La religieuse - n° 311

**Fiodor Dostoïevski**
L'éternel mari - n° 112
Le joueur - n° 155

**Alexandre Dumas**
La femme au collier de velours - n° 58

**Francis Scott Fitzgerald**
Le pirate de haute mer
*et autres nouvelles* - n° 636

**Gustave Flaubert**
Trois contes - n° 45
Passion et vertu
*et autres textes de jeunesse* - n° 556

**Cyrille Fleischman**
Retour au métro Saint-Paul - n° 482

**Théophile Gautier**
Le roman de la momie - n° 81
La morte amoureuse *suivi de*
Une nuit de Cléopâtre - n° 263

**J.W. von Goethe**
Faust - n° 82

**Nicolas Gogol**
Le journal d'un fou *suivi de* Le portrait *et de* La perspective Nevsky - n° 120

**Jacob Grimm**
Blanche-Neige *et autres contes* - n° 248

**Pavel Hak**
Sniper - n° 648

**Éric Holder**
On dirait une actrice
*et autres nouvelles* - n° 183

**Homère**
L'Odyssée *(extraits)* - n° 300
L'Iliade *(extraits)* - n° 587

**Michel Houellebecq**
Rester vivant *et autres textes* - n° 274
Lanzarote *et autres textes* - n° 519
*(pour lecteurs avertis)*

**Victor Hugo**
Le dernier jour d'un condamné - n° 70
La légende des siècles
*(extraits)* - n° 341

**Henry James**
Le tour d'écrou - n° 200

**Franz Kafka**
La métamorphose *suivi de* Dans la colonie pénitentiaire - n° 3

**Stephen King**
Le singe *suivi de* Le chenal - n° 4
La ballade de la balle élastique *suivi de* L'homme qui refusait de serrer la main - n° 46
*Danse macabre :*
Celui qui garde le ver
*et autres nouvelles* - n° 193
Cours, Jimmy, cours
*et autres nouvelles* - n° 214
L'homme qu'il vous faut
*et autres nouvelles* - n° 233
Les enfants du maïs
*et autres nouvelles* - n° 249

**Madame de La Fayette**
La princesse de Clèves - n° 57

**Jean de La Fontaine**
Contes libertins - n° 622

**Jack London**
Croc-Blanc - n° 347

**Howard P. Lovecraft**
Les autres dieux
et autres nouvelles - n° 68

**Richard Matheson**
La maison enragée *et autres nouvelles fantastiques* - n° 355

**Guy de Maupassant**
Le Horla - n° 1
Boule de Suif
*et autres nouvelles* - n° 27
Une partie de campagne
*et autres nouvelles* - n° 29
Une vie - n° 109
Pierre et Jean - n° 151
Contes noirs - *La petite Roque*
*et autres nouvelles* - n° 217
Le Dr Héraclius Gloss
*et autres histoires de fous* - n° 282
Miss Harriet *et autres nouvelles* - n° 318

**Prosper Mérimée**
Carmen *suivi de* Les âmes du purgatoire - n° 13
Mateo Falcone *et autres nouvelles* - n° 98
Colomba - n° 167
La Vénus d'Ille *et autres nouvelles* - n° 236

**Alberto Moravia**
Le mépris - n° 87
Histoires d'amour - n° 471

**Françoise Morvan**
Lutins et lutines - n° 528

**Gérard de Nerval**
Aurélia *suivi de* Pandora - n° 23
Sylvie *suivi de* Les chimères *et de* Odelettes - n° 436

**Charles Perrault**
Contes de ma mère l'Oye - n° 32

**Edgar Allan Poe**
Double assassinat dans la rue Morgue *suivi de* Le mystère de Marie Roget - n° 26
Le scarabée d'or *suivi de* La lettre volée - n° 93
Le chat noir *et autres nouvelles* - n° 213
La chute de la maison Usher *et autres nouvelles* - n° 293
Ligeia *suivi de* Aventure sans pareille d'un certain Hans Pfaall - n° 490

**Alexandre Pouchkine**
La fille du capitaine - n° 24
La dame de pique *suivi de* Doubrovsky - n° 74

**Terry Pratchett**
Le peuple du Tapis - n° 268

**Abbé Antoine-François Prévost**
Manon Lescaut - n° 94

**Marcel Proust**
Sur la lecture - n° 375
La confession d'une jeune fille - n° 542

**Raymond Radiguet**
Le diable au corps - n° 8

**Vincent Ravalec**
Les clés du bonheur, Du pain pour les pauvres *et autres nouvelles* - n° 111
Joséphine et les gitans *et autres nouvelles* - n° 242
Pour une nouvelle sorcellerie artistique - n° 502
Ma fille a 14 ans - n° 681

**Jules Renard**
Poil de Carotte - n° 25

**Marquis de Sade**
Les infortunes de la vertu - n° 172

**George Sand**
La mare au diable - n° 78

**Ann Scott**
Poussières d'anges - n° 524

**Comtesse de Ségur**
Les malheurs de Sophie - n° 410

**Robert Louis Stevenson**
L'étrange cas du Dr Jekyll et de Mr Hyde - n° 113

**Jonathan Swift**
Le voyage à Lilliput - n° 378

**Anton Tchekhov**
La cigale *et autres nouvelles* - n° 520
Histoire de rire *et autres nouvelles* - n° 698

**Léon Tolstoï**
La mort d'Ivan Ilitch - n° 287
Enfance - n° 628

**Ivan Tourgueniev**
Premier amour - n° 17
Les eaux printanières - n° 371

**Henri Troyat**
La neige en deuil - n° 6
Viou - n° 284

**François Truffaut**
L'homme qui aimait les femmes - n° 655

**Zoé Valdés**
Un trafiquant d'ivoire, quelques pastèques *et autres nouvelles* - n° 548

**Fred Vargas**
Petit traité de toutes vérités sur l'existence - n° 586

**Jules Verne**
Les Indes noires - n° 227
Les forceurs de blocus - n°66
Le château des Carpathes - n° 171
Une ville flottante - n° 346

**Villiers de l'Isle-Adam**
Contes au fer rouge - n° 597

**Voltaire**
Candide - n° 31
Zadig ou la Destinée *suivi de* Micromégas - n° 77
L'Ingénu *suivi de* L'homme aux quarante écus - n° 180
La princesse de Babylone - n° 356
Jeannot et Colin *et autres contes philosophiques* - n° 664

**Oscar Wilde**
Le fantôme de Canterville *suivi de* Le prince heureux, Le géant égoïste *et autres nouvelles* - n° 600

**Émile Zola**
La mort d'Olivier Bécaille *et autres nouvelles* - n° 42
Naïs Micoulin *suivi de* Pour une nuit d'amour - n° 127

L'attaque du moulin *suivi de* Jacques Damour - n° 182

## ANTHOLOGIES
### Le haschich
*De Rabelais à Jarry, 7 écrivains parlent du haschich* - n° 582

### Inventons la paix
*8 écrivains racontent...* - n° 338

### Toutes les femmes sont fatales
*De Sparkle Hayter à Val McDermid, 7 histoires de sexe et de vengeance* - n° 632

Présenté par Estelle Doudet
### L'amour courtois et la chevalerie
*Des troubadours à Chrétien de Troyes* - n° 641

Présenté par Irène Frain
### Je vous aime
*Anthologie des plus belles lettres d'amour* - n° 374

Présenté par Jean-Jacques Gandini
### Les droits de l'homme
*Textes et documents* - n° 250

Présenté par Gaël Gauvin
### Montaigne - n° 523

Présentés par Sébastien Lapaque
### Rabelais - n° 483
### Malheur aux riches ! - n° 504
### J'ai vu passer dans mon rêve
*Anthologie de la poésie française* - n° 530

### Les sept péchés capitaux :
Orgueil - n° 414
Envie - n° 415
Avarice - n° 416
Colère - n° 418
Gourmandise - n° 420

Présenté par Jérôme Leroy
### L'école *de Chateaubriand à Proust* - n° 380

Présentés par Roger Martin
### La dimension policière - *9 nouvelles de Hérodote à Vautrin* - n° 349
### Corse noire - *10 nouvelles de Mérimée à Mondoloni* - n° 444

Présentée par Philippe Oriol
### J'accuse ! *de Zola et autres documents* - n° 201

Présentées par Jean d'Ormesson
### Une autre histoire de la littérature française :
Le Moyen Âge et le XVI$^e$ siècle - n° 387
Le théâtre classique - n° 388
Les écrivains du grand siècle - n° 407
Les Lumières - n° 408
Le romantisme - n° 439
Le roman au XIX$^e$ siècle - n° 440
La poésie au XIX$^e$ siècle - n° 453
La poésie à l'aube du XX$^e$ siècle - n° 454
Le roman au XX$^e$ siècle : Gide, Proust, Céline, Giono - n° 459
Écrivains et romanciers du XX$^e$ siècle - n° 460

Présenté par Guillaume Pigeard de Gurbert
### Si la philosophie m'était contée
*De Platon à Gilles Deleuze* - n° 403

En coédition avec le Printemps des Poètes
### Lettres à la jeunesse
*10 poètes parlent de l'espoir* - n° 571

Présentés par Barbara Sadoul
### La dimension fantastique – 1
*13 nouvelles fantastiques de Hoffmann à Seignolle* - n° 150
### La dimension fantastique – 2
*6 nouvelles fantastiques de Balzac à Sturgeon* - n° 234
### La dimension fantastique – 3
*10 nouvelles fantastiques de Flaubert à Jodorowsky* - n° 271
### Les cent ans de Dracula
*8 histoires de vampires de Goethe à Lovecraft* - n° 160
### Un bouquet de fantômes - n° 362
### Gare au garou !
*8 histoires de loups-garous* - n° 372
### Fées, sorcières et diablesses
*13 textes de Homère à Andersen* - n° 544
### La solitude du vampire - n° 611

Présentés par Jacques Sadoul
*Une histoire de la science-fiction :*
### 1901-1937 : Les premiers maîtres - n° 345
### 1938-1957 : L'âge d'or - n° 368
### 1958-1981 : L'expansion - n° 404
### 1982-2000 : Le renouveau - n° 437

Présenté par Tiphaine Samoyault
### Le chant des sirènes
*De Homère à H.G. Wells* - n° 666

Présenté par Bernard Vargaftig
### La poésie des romantiques - n° 262

209

Achevé d'imprimer en Allemagne (Pössneck)
par GGP en mai 2005 pour le compte de E.J.L.
84, rue de Grenelle 75007 Paris
Dépôt légal mai 2005
1er dépôt légal dans la collection : février 1998

*Diffusion France et étranger : Flammarion*